Le sable brûlant d'Hawaï

Barbara Cartland est une romancière anglaise dont la réputation n'est plus à faire.

Ses romans variés et passionnants mêlent avec bonheur aventures et amour.

Vous retrouverez tous les titres disponibles dans le catalogue que vous remettra gratuitement votre libraire.

Barbara Cartland

Le sable brûlant d'Hawaï

Traduit de l'anglais
par Françoise Jamoul

Éditions J'ai lu

Titre original :

THE ISLAND OF LOVE

NOTE DE L'AUTEUR

Quand je suis allée à Hawaï, en 1983, j'ai été impressionnée par sa beauté. J'ai vu le palais Iolani, bâti par Kalakaua, le Joyeux Monarque, et la célèbre plage Waikiki. En 1889, le Roi prêta le pavillon d'été dont il est question dans ce roman à Robert Louis Stevenson. Traité en hôte de marque, l'écrivain devint bientôt l'ami du souverain et les deux hommes prirent l'habitude de s'inviter mutuellement à de petites soirées fort gaies, dépourvues de tout protocole.

Le couronnement eut lieu en 1883, neuf ans après l'élection du Roi par l'Assemblée législative. Les réjouissances durèrent deux semaines: tous les détails donnés ici sont authentiques.

Hawaï a changé, la construction s'est développée, l'île est surpeuplée... Mais elle n'a rien perdu de son charme. Et quand, à Diamond Point, j'allais contempler l'aube ou le soleil couchant, j'entendais chanter dans ma mémoire ces vers du sonnet de Rupert Brooke:

« Et maintenant comme autrefois
les étoiles brillent au ciel,
sur les flots murmurants de la mer hawaïenne. »

1

En entrant dans le petit salon, sir Robert Westbury trouva ses deux filles en grande conversation. Et, comme à l'accoutumée, dès que Lydia ouvrait la bouche, Héloïse s'empressait de la contredire. Pendant des années, l'aînée avait tenté en vain d'apaiser l'humeur querelleuse de sa sœur. Pour finir, elle avait pris le seul parti possible : l'approuver systématiquement. Elle avait trop de tact et de délicatesse pour s'abaisser à un échange de propos aigres-doux, ce qui, d'ailleurs, n'eût rien changé.

Héloïse était si jolie que sa beauté lui avait comme tourné la tête. Depuis qu'elle en avait pris conscience, elle n'appartenait plus au commun des mortels. Elle ne devait pas avoir plus de quinze ans quand elle avait découvert son étonnant pouvoir sur les hommes. Un seul regard jeté à travers ses longs cils et le plus réticent accourait lui offrir ses hommages, avec ce qu'elle se plaisait à appeler « des yeux de chien couchant ».

Cette année-là, elle venait de faire ses débuts dans le monde, avec un succès éclatant. Elle avait été adulée, choyée, encensée par toute la société londonienne... excepté les autres débutantes qui voyaient en elle une redoutable rivale. Et c'est à contrecœur qu'elle avait repris le chemin de la campagne pour les fêtes de Noël. Elle se consolait en pensant aux bals qu'on donnerait pour la chasse, dans toutes les demeures aristocratiques de la région. Elle savait qu'elle en serait la reine incontestée, et que ses admirateurs seraient trop heureux de déserter Londres s'ils parvenaient à se faire inviter à Westbury Park ou dans l'un des manoirs du voisinage.

Pour Lydia, tous ces projets n'annonçaient qu'un surcroît de travail considérable. Veuf pour la seconde fois, son père lui avait abandonné l'entière responsabilité de la maison... et d'Héloïse. Ce qui signifiait, elle l'avait vite compris, qu'il entendait lui voir exécuter les quatre volontés de sa demi-sœur. Sa mère était morte peu de temps après sa naissance et sir Robert, dans l'espoir d'avoir un héritier, n'avait pas tardé à se remarier. Hélas, cette fois encore, le ciel lui avait refusé ce fils tant attendu.

La beauté d'Héloïse qui, dès le berceau, promettait d'être une enfant ravissante, adoucit sa déception. Et quand il apprit que sa femme ne pourrait plus être mère, il prit remarquablement bien la chose. Elle ne lui aurait donné qu'une fille, soit, mais si délicieusement belle qu'il ne songeait pas à s'en plaindre. Apparemment. Car, si injuste que ce fût, c'est à son aînée qu'il fit payer le tour que le sort lui avait joué.

— Si seulement tu étais un garçon ! ne cessait-il de lui reprocher, tout serait tellement plus simple...

— Je suis navrée, papa, s'excusait humblement Lydia, ce n'est pas ma faute.

Parfois, il la regardait avec une telle aversion qu'elle se demandait s'il ne la haïssait pas. Comme si c'était un crime de ne pouvoir, après lui, devenir le cinquième baronnet Westbury ! Elle avait beau se répéter qu'elle n'y était pour rien, l'amertume de son père pesait lourdement sur elle.

Il y avait plus de trois ans qu'elle aurait dû faire ses débuts dans le monde. Mais, à cette époque, sa belle-mère était malade et il n'en avait même pas été question. A la mort de la jeune femme, elle avait souhaité que son père se remarie. Mais deux années avaient passé, son deuil avait pris fin depuis longtemps et il ne paraissait toujours pas y songer. Pas plus qu'aux débuts manqués de sa fille aînée. A vrai dire, ceux d'Héloïse semblaient être son unique préoccupation.

Le seul espoir de Lydia était de voir sa sœur trouver un parti le plus rapidement possible. Après quoi, sir Robert se déciderait sans doute à reprendre femme et elle aurait une chance d'échapper à la routine quotidienne qui lui pesait de plus en plus.

Du matin au soir, d'un bout de l'année à l'autre, elle assumait la lourde charge de la bonne marche de la maison. Du majordome au moindre des marmitons, tous en référaient à elle, en toute occasion, et surtout quand les choses allaient de travers. C'était à elle, et à elle seule, de résoudre tous les problèmes, de régler les conflits et, surtout, d'empêcher que tous ces tracas n'altèrent l'humeur ombrageuse de son père. Rien d'étonnant si ses grands yeux étaient si souvent soucieux et si sa silhouette élégante était un peu plus frêle qu'il n'eût fallu.

Elle n'avait jamais le temps de penser à elle. Et quand par hasard cela lui arrivait, elle haussait les épaules, résignée à ne compter pour personne tant qu'Héloïse serait là. Héloïse était la beauté même, le rêve incarné de tous les hommes, l'image idéale de la fraîcheur et de la grâce. Ses cheveux avaient la couleur des blés mûrs, ses yeux bleus reflétaient le ciel et son teint transparent et rosé aurait désespéré un peintre.

Hélas, les fées qui s'étaient penchées sur son berceau pour la combler de leurs dons avaient dû oublier deux qualités essentielles. Personne ne pouvait vivre longtemps auprès d'elle sans s'apercevoir qu'elle ne brillait pas par une intelligence excessive. Elle n'avait jamais lu un livre de sa vie et sa conversation se limitait à un seul sujet : elle-même. Fait plus regrettable encore, le mot générosité ne semblait pas faire partie de son vocabulaire. Il ne semblait pas davantage avoir la moindre signification pour elle.

Il arrivait rarement à Lydia de se plaindre. Pourtant, un jour où elle avait osé se dire fatiguée, après avoir parcouru la maison de haut en bas pour satisfaire aux exigences de sa cadette — Héloïse allait au bal ! —, elle s'était entendu répondre :

— Fatiguée, toi ? Qu'as-tu donc fait de si extraordinaire ? Tu es là pour m'aider quand j'ai besoin de toi, non ?

Elle avait été sur le point de demander pourquoi mais s'était retenue à temps. Il en fallait si peu pour provoquer les terribles colères de sa sœur...

Ce matin-là, elle avait failli se laisser entraîner par la discussion, mais elle se tut subitement en voyant entrer son père. La lippe boudeuse d'Héloïse n'annonçait rien de bon.

— Félicitations, Héloïse, dit sir Robert en rejoignant ses filles près de la fenêtre. On m'apporte à l'instant de Royston Abbey une lettre extrêmement flatteuse pour toi.

— Le comte ? s'exclama la jeune fille en bondissant sur ses pieds. Racontez vite, papa, je veux savoir ce qu'il écrit !

— Il me demande l'autorisation de venir te présenter ses compliments et souhaite que je puisse le recevoir cet après-midi. Il désire m'entretenir d'une question des plus importantes.

— Enfin ! J'avais si peur qu'il ne se déclare pas, malgré tout ce qu'il a pu me dire au bal !

Sir Robert s'avança vers sa fille et la serra tendrement dans ses bras.

— Eh bien, il l'a fait, ma chérie, dit-il en déposant un baiser sur son front. Je suis vraiment très fier de toi, tu sais.

Lydia, qui ne perdait rien de la scène, vit sa sœur s'écarter légèrement de lui, comme si elle craignait qu'il ne froisse sa robe.

— Dois-je comprendre, s'enquit-elle avec intérêt, que le comte de Royston a demandé la main d'Héloïse ?

— Il m'a demandé la permission de le faire, ce qui revient au même.

— C'est merveilleux ! s'exclama Héloïse. Être comtesse, avoir une position à la cour, être chez moi à Royston Abbey et dans tous les châteaux du comte, quel bonheur !

— Je m'en réjouis pour toi, déclara posément Lydia, et j'espère que tu seras vraiment heureuse.

— Naturellement, je serai heureuse... quelle idée ! Il y a si longtemps que j'attends cela ! J'étais sûre que je finirais par y arriver.

Le ton sur lequel ces derniers mots furent prononcés fit tressaillir Lydia, mais sa sœur n'en remarqua rien.

— Royston attend ma réponse, leur rappela sir Robert. Je vais lui dire que nous comptons sur lui pour le thé, mais en fait c'est au champagne que j'entends célébrer l'événement.

— Excellente idée, approuva Héloïse, mais arrange-toi pour me laisser un instant seule avec lui, d'abord. Il ne m'a pas encore fait sa demande en bonne et due forme et je brûle de l'entendre.

— Comme tu voudras, consentit aussitôt son père. En ce qui me concerne, l'annonce de votre mariage dans *La Gazette* me suffira amplement.

Et, rayonnant de satisfaction, il se dirigea vers la porte.

— Et voilà ! annonça Héloïse, dès qu'il eut quitté la pièce. Je t'avais dit que j'épouserais l'homme le plus en vue de toute l'Angleterre, et c'est exactement ce que je vais faire.

— Mais... est-ce que tu l'aimes, au moins ?

La jeune fille eut une imperceptible hésitation.

— L'essentiel, dans le mariage, c'est d'épouser l'homme qu'il faut.

— Ça, c'est une phrase de lady Burton, pas de toi !

— Tu te trompes, c'est ce que j'ai toujours dit.

Elle avait beau se défendre, Lydia savait qu'elle mentait. Elle avait sans doute la folie des grandeurs mais elle ne se serait jamais exprimée en ces termes. Et leur père avait eu grand tort de confier à lady Burton, une de ses cousines éloignées, le soin de la présenter à la cour et de lui servir de chaperon. Ambitieuse, intéressée, cupide, elle tirait profit de tout et en particulier de sa position auprès d'Héloïse.

D'emblée, Lydia avait éprouvé de l'aversion pour elle et les événements avaient justifié sa méfiance instinctive. Pour commencer, lady Burton avait trouvé tout naturel, elle aussi, de lui laisser la charge de leur résidence londonienne. Et, là encore, elle avait dû assumer le rôle de gouvernante, avec tout ce que cela comportait de fatigues et de tracas. Non seulement tout le monde usait et abusait de sa complaisance, mais elle n'en retirait, cela va de soi, aucun avantage financier.

Ses tâches ne lui laissaient pas une minute de liberté et il n'était pas question pour elle de prendre part aux mondanités qui remplissaient la vie de sa cadette. Et si, la plupart du temps, elle déjeunait et dînait avec le reste de la famille, on n'hésitait jamais à l'exclure d'une réception si sa présence dérangeait l'ordonnance de la table.

C'est à peine si lady Burton daignait lui adresser la parole, sauf quand elle avait besoin de ses services. A longueur de journée, par contre, elle inculquait à Héloïse les vues étroites et terre à terre qui lui tenaient lieu de morale. Elle lui tournait la tête à force de compliments, lui répétant qu'elle n'aurait qu'à choisir parmi la foule d'admirateurs qui se jetteraient à ses pieds. Les seuls critères à retenir étant, bien entendu, les titres du prétendant, le nombre de ses quartiers de noblesse et sa fortune. Surtout sa fortune. A ses yeux, aucun crime n'était plus impardonnable que la pauvreté.

Ces conseils édifiants ne pouvaient que renforcer l'égoïsme et la vanité d'Héloïse. Quand elle revint de Londres, elle avait pris la ferme résolution de faire sous peu un mariage à sensation. Pourtant, malgré sa beauté et son incontestable ascendant sur les hommes, Lydia n'arrivait pas à croire qu'elle eût, selon ses propres termes, « mis le grappin » sur le comte de Royston.

Elle avait déjà beaucoup entendu parler de lui : Royston Abbey n'était pas très éloigné de Westbury Park et, à la campagne, on s'occupe beaucoup de ses voisins. De plus, elle l'avait aperçu très souvent à la chasse. Elle aimait passionnément ce sport, ce qui était bien le seul point commun qu'elle eût avec son père. Excellente cavalière, elle ne manquait pas un rendez-vous pendant la saison tout en sachant pertinemment que si Héloïse avait manifesté le désir de chasser, on n'eût même pas songé à l'inviter, elle.

Mais sa sœur avait bien trop peur des accidents pour se risquer à galoper dans les champs : sa précieuse beauté aurait pu en souffrir. Elle ne s'aventurait jamais hors des limites du parc et encore, sur la plus douce et la mieux dressée de leurs juments.

— Décidément, les femmes n'entendront jamais rien aux chevaux ! ne cessait de maugréer sir Robert. Si seulement j'avais eu un fils, lui, au moins, aurait su les apprécier !

Il était fier de son écurie, et en particulier de ses *hunters* merveilleusement entraînés pour la chasse. Et chaque fois qu'il en parlait, c'était la même rengaine :

— Les plus beaux pur-sang d'Angleterre et une maison remplie de jupons... quelle pitié !

Il ne semblait pas soupçonner que sa fille aînée montait comme une amazone, et certainement beaucoup mieux que la plupart des hobereaux du voisinage. Quant à elle, c'est sans doute cette passion pour l'équitation qui avait attiré son attention sur le comte de Royston. C'est à la chasse qu'elle l'avait vu pour la première fois, et elle avait admiré son allure et son aisance avant même de remarquer son physique exceptionnel.

Cavalier hors pair, il lui était apparu, parmi tous les hommes présents, comme l'image de la virilité. Ses traits énergiques et racés, une certaine hauteur désinvolte lui donnaient plutôt l'air d'un corsaire que d'un dandy londonien. Autour de lui, tout paraissait rapetisser, comme si la campagne anglaise était un champ d'action bien trop étroit pour lui. Un tel homme aurait dû vivre aux temps aventureux de la grande Elizabeth, avait alors songé Lydia. Il était né pour parcourir les vastes horizons des mers ou les contrées inexplorées. Pourtant, ce qu'elle savait de lui ne concordait guère avec l'idée qu'elle s'en faisait.

A vingt-neuf ans, le comte de Royston s'était acquis autant de renommée par ses conquêtes féminines que par ses éclatants succès sportifs. Les hommes l'admiraient autant qu'ils l'enviaient, le plus sincèrement du monde. Et ce n'était pas sans une secrète pointe de jalousie qu'ils prononçaient le surnom que lui donnaient ses amis : Hunter... le chasseur.

L'anecdote qui avait valu au comte ce curieux nom de guerre était aussi étrange et célèbre que l'homme lui-même. Et la médisance étant le passetemps favori des gens du monde, Lydia avait eu maintes et maintes occasions de l'entendre conter. Surtout par les femmes, qui trouvaient là un moyen fort commode d'évoquer à demi-mot les prouesses de leur vainqueur. C'est ainsi, plus ou moins consciemment, que chacun s'entendait à tisser autour de lui une manière de légende.

L'histoire voulait qu'à sa naissance, son père étant à la chasse, on ait envoyé un groom informer Sa Seigneurie de l'heureux événement. Essoufflé par la course, l'homme avait bredouillé des paroles incohérentes que son maître ne prit sans doute pas la peine d'écouter. Voyant qu'il ne paraissait pas autrement ému par la nouvelle, le serviteur se permit d'insister.

— Quel message dois-je transmettre à Milady, Milord ?

La question parut enfin retenir l'attention du comte.

— Grands dieux ! s'écria-t-il avec stupéfaction. Essayez-vous de me faire comprendre que j'ai un fils ? Je croyais que vous me parliez de l'un de mes *hunters* !

L'exclamation déclencha l'hilarité des quelques amis qui l'entouraient et, avant même d'être baptisé, l'héritier se trouva pourvu du surnom qui devait lui rester. Et le chasseur qu'il devint, à en croire sa renommée, n'avait pas dû rencontrer beaucoup de résistances...

Mais aucune femme n'avait su le retenir. Et les mères les plus ambitieuses désespéraient de voir leurs filles mettre en cage cet oiseau rare. Sur ce point, les impressions personnelles de Lydia concordaient avec l'opinion générale : un être aussi exceptionnel ne serait pas facile à conquérir, encore moins à enchaîner. Pourtant, aucun doute n'était plus possible. Quelqu'un avait accompli ce tour de force, et ce quelqu'un n'était autre que sa sœur Héloïse.

Une fois déjà, la seule fois de sa vie où elle eût dîné à la même table que lui, elle les avait vus ensemble, tous les deux. C'était un peu avant le bal que sir Robert avait donné en l'honneur de sa cadette, à Londres, cette saison-là. En sa qualité d'hôte le plus important de la soirée, le comte avait été placé à la droite d'Héloïse. Et Lydia, du bout de la table, avait eu tout loisir de les observer et de les admirer. Surtout lui... Et brusquement, elle s'était avisée qu'il était singulièrement beau. Le terme lui semblait quelque peu incongru, appliqué à un homme, mais il s'imposait à elle avec la force de l'évidence.

A les voir l'un après l'autre, Héloïse et lui, n'importe qui aurait pensé qu'ils étaient faits l'un pour l'autre. Elle-même s'avouait qu'ils formaient le plus beau couple qu'elle eût jamais vu. Et pourtant, quelque chose la tracassait. Cette demande en mariage était si soudaine, sa sœur y avait répondu avec un tel empressement... Cette précipitation même avait à ses yeux quelque chose de presque incroyable. Un peu honteuse de la direction prise par ses pensées, elle les chassa de son esprit.

— Tu as beaucoup de chance, ma chérie, s'entendit-elle déclarer. Oui, beaucoup de chance.

Mais, tout en disant cela, elle se surprit à se demander si sa cadette avait vraiment autant de chance qu'il était permis de le supposer. Pour l'instant, en tout cas, elle semblait bel et bien le croire.

— Tu te rends compte, exulta-t-elle, tu te rends compte... je vais me marier !

Elle battit des mains et tourbillonna sur elle-même, dans un gracieux envol de jupes. Elle était vraiment délicieuse quand elle oubliait ses poses et ses grands airs. Mais, hélas, cela ne durait jamais bien longtemps.

— Il va falloir que je m'occupe de mon trousseau, annonça-t-elle en se laissant tomber sur une chaise. Je serai la plus belle mariée qu'on ait jamais vue. Toutes mes amies en crèveront de jalousie !

— Et quand donc aura lieu la cérémonie ?

— Le plus tôt possible, naturellement. Enfin, c'est-à-dire...

— C'est-à-dire ? Il y a un problème ?

— Pas vraiment, mais j'avais oublié le deuil du comte. Il ne prendra fin que dans trois mois.

— Mais tu as raison ! s'exclama Lydia, confuse. Je n'y pensais plus, moi non plus.

C'était pourtant elle qui s'était chargée d'envoyer une couronne pour les funérailles de la mère du comte, il y avait déjà neuf mois de cela. Lady Royston, qui avait toujours été de santé fragile, menait depuis longtemps une vie si retirée que sa mort était passée pratiquement inaperçue. Elle avait été inhumée dans la petite église du domaine, dans la plus stricte intimité. Et plus personne ne semblait se souvenir de la femme charmante, délicate et effacée qu'elle avait été. Pourtant, il fallait que le comte fût terriblement amoureux pour s'être déclaré avant l'expiration de son deuil. Il n'attendrait certainement pas un jour de plus que l'année exigée par la décence. Dans trois mois, Héloïse et lui seraient mariés.

A cette pensée, le cœur de Lydia se serra d'une tristesse inexplicable. Au même instant, par un chemin tout différent, les rêveries de sa sœur rejoignirent les siennes.

— Nous serons en avril ! s'écria-t-elle avec ravissement. Je veux être l'incarnation du printemps. Des flots de dentelle, des diamants... pas notre diadème de famille, il est trop petit. Je choisirai parmi les joyaux des Royston, voilà !

Cette perspective la faisait littéralement frémir d'excitation.

— Lady Burton m'en a tellement parlé, si tu savais ! N'importe quelle femme vendrait son âme pour avoir le droit de les porter. Et c'est moi, moi qui les aurai !

— Je ne vois pas ce qu'ils pourraient ajouter à ta beauté, observa tranquillement Lydia. Nos diamants devraient te suffire.

— Tu es complètement folle ! rétorqua vertement Héloïse. Ces pierres sont justement ce que je convoitais le plus, figure-toi.

Sa sœur ne put retenir la question qui lui brûlait les lèvres.

— Es-tu bien certaine d'aimer le comte, au moins ?

— L'aimer ! Qu'est-ce que tu me chantes là ? Toutes ces fadaises sont bonnes pour les domestiques, ma chère, pas pour nous !

— Héloïse !

Lydia n'en croyait pas ses oreilles. Que sa cadette soit flattée à l'idée de porter les fabuleux joyaux des Royston, elle pouvait le comprendre. Mais faire fi de l'amour, quand celui qu'elle allait épouser était l'homme le plus attirant qu'on puisse imaginer ! Sur ce point, au moins, toutes les femmes étaient d'accord. Quand elles parlaient du comte entre elles, c'était toujours pour évoquer ses talents amoureux. Et, dans ces moments-là, leurs yeux s'illuminaient d'un éclat singulier et leurs voix prenaient des inflexions rêveuses, où la passion le disputait à la tendresse. Lydia, pourtant fort peu friande de ce genre de propos, ne pouvait jamais s'empêcher d'écouter, quand il était question de lui. Et, tout récemment encore, elle avait surpris une conversation des plus intimes dont il était le héros.

Ce soir-là, comme à son habitude, elle s'acquittait de son double rôle d'hôtesse et d'intendante. Les messieurs s'étaient retirés au fumoir et elle aidait la femme de chambre à servir le café. En s'approchant d'une causeuse où bavardaient deux invitées, elle entendit l'une d'elles déclarer :

— Hunter est un amant si merveilleux, ma chère ! Je suis la femme la plus heureuse de la terre.

Comme elles lui tournaient le dos, les deux jeunes femmes ne pouvaient soupçonner sa présence. Instinctivement, elle s'était arrêtée pour tendre l'oreille.

— Tu as vraiment trop de chance Daisy ! Le comte est tellement séduisant... Hélas ! il ne daignera jamais faire attention à moi.

— J'espère bien, je t'arracherais les yeux ! J'en suis folle, figure-toi, complètement folle. Et je ne sais pas ce qui me retient de me jeter à ses pieds pour le supplier de m'enlever.

— Daisy ! Est-ce que tu perds la tête ? Tu imagines le scandale que cela ferait ? Le duc provoquerait Royston en duel, c'est certain !

— Arthur ? Ça m'étonnerait. Il sait pertinemment que Hunter est bien meilleur tireur que lui. Il n'en est pas à son premier duel, et il a toujours été vainqueur. D'ailleurs...

La frivole Daisy eut un petit rire insouciant, où perçait cependant un soupçon de tristesse.

— Cela ne risque pas d'arriver. L'aventure ne dure jamais longtemps avec Hunter. Et quand il en aura assez de moi...

— Ne me fais pas croire que l'on puisse se lasser de toi, ma chérie : c'est impossible.

La belle Daisy avait laissé échapper un long soupir.

— Merci, mon chou, tu es adorable mais je ne me fais pas d'illusions. Je me contente de profiter du beau temps, tant qu'il dure : il finira bien assez tôt.

— Soit. Mais laisse-moi te dire une chose : je t'envie, plus que je n'ai jamais envié personne. Et je souhaite que tes beaux jours durent le plus longtemps possible.

— Moi aussi. Et la seule chose dont je sois sûre, c'est que je n'aurai jamais été aussi heureuse de ma vie.

C'est à ce moment précis que les portes du salon s'étaient ouvertes : les invités venaient rejoindre les dames. Lydia s'était promptement retirée, non sans jeter un regard curieux vers les deux femmes. Elle reconnut en Daisy la jeune duchesse de Dorchester et dut s'avouer que le comte avait bon goût : sa maîtresse était indéniablement belle.

Et, maintenant qu'elle y songeait, elle lui trouvait une vague ressemblance avec Héloïse. Mêmes cheveux d'or, des yeux d'azur, un teint de porcelaine. Nul doute, c'était le type de femme qui devait plaire au comte. Malgré tout... l'impression bizarre qu'elle avait déjà ressentie subsistait. Sa délicatesse répugnait à l'admettre, mais c'était un fait : cette demande en mariage avait quelque chose d'invraisemblable. Ce n'était pas très flatteur pour sa cadette mais elle s'expliquait mal comment, parmi tant de femmes aussi ravissantes et distinguées, il avait justement choisi sa sœur. Il devait être vraiment très amoureux. Étrange, tout de même...

— Je recevrai le comte dans le grand salon, annonça Héloïse, interrompant le cours de ses pensées.

Et tu tâcheras de me coiffer un peu mieux qu'hier, cette fois-ci.

— Mais tu étais adorable, hier soir !

— Au début peut-être, mais au bout d'une heure tout commençait à s'écrouler. Un vrai désastre !

— Évidemment, si tu danses le quadrille des lanciers !

— Quand on va au bal, c'est pour danser, non ? Arrange-toi pour que ça tienne, voilà tout. Et prépare ma nouvelle robe, la bleue. Il a dit...

Héloïse s'interrompit, ménageant ses effets.

— Continue. Qu'a-t-il dit ?

— Que mes yeux avaient la couleur du ciel et qu'il en était obsédé.

— Vraiment ? Et qu'as-tu répondu ?

— J'ai pris ma voix la plus suave, celle qui leur fait perdre la tête, tu vois, et j'ai dit d'un petit air effarouché : « Vraiment, Milord, je suis on ne peut plus flattée d'occuper à ce point vos pensées ! »

Elle mimait ses propres paroles avec un tel aplomb que Lydia en restait confondue. Pouvait-on être comédienne à ce point ?

— Et après, que s'est-il passé ? ne put-elle s'empêcher de demander.

— Après ? Il m'a serrée contre lui et m'a chuchoté à l'oreille : « Ignorez-vous encore ce que je ressens pour vous ? »

A mesure qu'elle racontait, la jeune fille se prenait au jeu et ses joues rosissaient de plaisir.

— Et ensuite ?

— J'ai répliqué sur le même ton : « Je n'en ai aucune idée, Milord. Vous ne me l'avez jamais dit. Alors je vous le dirai, m'a-t-il répondu, mais pas ici. Voulez-vous m'accorder une entrevue demain ? »

— Et bien sûr, tu as dit oui.

— Oh ! pas aussi carrément. J'ai baissé les yeux et j'ai déclaré, comme si j'en doutais : « J'espère que cela sera possible. »

— Et lui ?

— Il s'est emballé, tu penses ! « Arrangez-vous pour que ce soit le cas, a-t-il exigé. J'ai quelque chose d'important à vous dire. »

Héloïse eut un petit sourire satisfait.

— Naturellement, je savais ce qu'il voulait mais je me suis bien gardée de le montrer. J'ai pris un air si étonné et si candide qu'il a littéralement perdu la tête.

— Et qu'a-t-il fait ?

— Il m'a dit que si je continuais à le regarder comme ça, il m'embrasserait au beau milieu de la salle de bal.

— Tu as protesté, je suppose ?

— Naturellement. Je l'ai supplié de ne pas causer de scandale et il a promis de patienter jusqu'au lendemain.

Lydia se demanda si elle avait bien entendu. Le comte de Royston aux pieds d'une ingénue, fût-elle aussi belle que cette diablesse d'Héloïse... il y avait là quelque chose qui lui échappait.

— Tu as été très habile, observa-t-elle après un instant de silence. Le renard ne doit pas se laisser débusquer trop vite : tout bon chasseur sait cela.

— Je ne l'ignore pas non plus. Et quand il me demandera ma main, j'ai l'intention de lui tenir la dragée haute. Je ferai celle qui a besoin de réfléchir... Qu'est-ce que tu en penses ?

— Excellente idée.

— Oui, mais... s'il allait changer d'avis ?

— Cela m'étonnerait. Tu es la seule à qui il ait jamais parlé mariage. Il doit vraiment tenir à toi. Tu as décidément beaucoup de chance.

— Je sais. D'ailleurs, j'en ai toujours eu. Mais j'aime mieux ne pas prendre de risque: j'agréerai sa demande. Et comme un gentilhomme ne revient pas sur sa parole, je suis tranquille: il est à moi.

— Quant à cela, tu n'as pas à t'inquiéter. Un homme comme lui ne change pas d'avis si facilement.

— Sans doute, mais j'aime mieux être sûre. A propos... arrange-toi pour que personne ne vienne me déranger, tout à l'heure. Je ne veux surtout pas que papa surgisse au beau milieu de nos effusions pour nous assommer avec ses histoires de chasse!

— J'y veillerai, sois tranquille. Mais il faudra bien qu'il vous rejoigne pour le thé, tout de même.

— Si tu penses que c'est indispensable... bon, qu'il vienne. Mais pas toi.

— Entendu, approuva Lydia.

Comme toujours, elle s'effaçait devant les exigences d'autrui, mais cette fois, il lui en coûtait. Elle aurait tellement aimé rencontrer le comte... Puis, l'idée lui vint que s'il ne lui était pas permis de lui parler, personne au moins ne pourrait l'empêcher de le voir. On prêtait si peu attention à elle, dans la maison. Il devrait lui être facile de l'observer sans être vue.

Dès qu'elle eut achevé tous les préparatifs et fini de coiffer Héloïse, elle alla se poster en haut de l'escalier, près de l'une des hautes fenêtres qui encadraient la porte d'entrée. Elle n'eut pas longtemps à attendre. Bientôt, un cabriolet tiré par deux superbes chevaux bais remonta la grande allée et vint se ranger devant le perron. Quelques secondes après, le comte pénétrait dans le hall. Sans bruit, elle quitta sa place et s'accroupit derrière la rampe. De là, elle pouvait le contempler tout à son aise.

Sa redingote bien coupée soulignait sa carrure athlétique et son chapeau haut de forme était légèrement incliné sur ses cheveux noirs. Comme si, non content d'être vêtu avec la dernière élégance, il tenait à montrer le peu de cas qu'il faisait de l'élégance elle-même. Un sourire énigmatique relevait le coin de ses lèvres, et la lueur qui dansait au fond de ses yeux lui donnait plus que jamais l'air d'un pirate. Il semblait se moquer de lui-même, des autres et de tout ce qui l'entourait.

D'un geste désinvolte, il remit son chapeau et ses gants au maître d'hôtel et le suivit jusqu'au salon. En le regardant s'éloigner, Lydia se dit une fois de plus qu'elle n'avait jamais vu d'homme aussi distingué, aussi viril, aussi attirant. Il était tout simplement fascinant. C'est seulement quand elle se décida à se relever qu'elle prit conscience de l'émotion singulière qui s'emparait d'elle. Et, non sans un bizarre malaise, elle se demanda si ce qu'elle ressentait n'était pas... de l'amour.

A peine cette idée se fut-elle présentée à son esprit qu'elle la repoussa de toutes ses forces. C'était complètement ridicule. Elle n'avait jamais adressé la parole au comte. Il n'était pour elle qu'un sujet de curiosité, une relation de voisinage, rien de plus... Rien de plus, vraiment ? Alors pourquoi, cet hiver, avant chaque partie de chasse, avait-elle si follement espéré le rencontrer ?

Tout en se hâtant vers sa chambre, elle essayait encore de lutter contre l'évidence. Mais son honnêteté foncière ne pouvait pas se satisfaire de faux-fuyants. Aux grands maux, les grands remèdes, décida-t-elle en traversant la pièce pour aller se camper devant son miroir. Et, courageusement, comme on se résout à regarder la vérité en face, elle affronta son reflet.

Deux grands yeux clairs, toujours un peu mélancoliques, un visage ovale et régulier, pouvait-elle à bon droit se trouver jolie ? Ses traits ne manquaient ni de finesse ni de distinction, mais ils étaient si souvent tirés par la fatigue... Ses longs cheveux d'un blond indécis, ondulant naturellement en vagues soyeuses auraient pu être un atout si elle avait pris la peine de les coiffer. Mais, faute de temps à consacrer à sa toilette, elle se contentait de les tirer en arrière, en un lourd chignon tordu sur la nuque. Elle ne devait pas être laide puisqu'elle ressemblait à sa mère. Mais que valaient sa délicatesse et sa grâce auprès de la flamboyante beauté d'Héloïse ?

Un pastel à côté d'un Rembrandt, se dit-elle avec une petite moue désabusée. Une ombre que personne ne songerait à remarquer. L'idée saugrenue qu'elle était un fantôme dans sa propre maison lui arracha un sourire. Souvent, en effet, il lui était arrivé de se demander si, à force d'effacement, elle n'était pas devenue invisible. Mais il n'était pas dans ses habitudes de s'apitoyer sur elle-même. Et chaque fois qu'elle se retrouvait seule, dans sa chambre tapissée de livres, elle éprouvait un sentiment de paix et de liberté qui ressemblait au bonheur.

Tournant le dos au miroir, elle laissa errer son regard sur les étagères qui encadraient la cheminée, le lit et les fenêtres, croulant sous le poids des volumes qu'elle avait soustraits à la bibliothèque du manoir. Depuis son enfance, ils lui tenaient compagnie, la consolaient de ses peines, lui permettaient de s'évader là où nul ne pouvait la rejoindre, ni la blesser. Pourtant, aujourd'hui...

Aujourd'hui, ce n'était plus pareil. Pour la première fois de sa vie, ses chers livres étaient impuissants à combler le vide qu'elle découvrait en elle. Ils ne pourraient jamais remplacer la seule compagnie qu'elle désirait : celle de l'homme qui allait partager la vie de sa sœur. En ce moment même, en bas, dans le salon, il était en train de demander la main d'Héloïse. Et elle qui s'oubliait jusqu'à imaginer... Un rire silencieux la secoua. Jamais, pas même le temps d'une valse, le comte de Royston ne la tiendrait dans ses bras. Il avait trouvé celle qu'il lui fallait. La plus jolie débutante de la saison, la plus jolie qu'on ait jamais vue. Et le moins qu'on puisse dire, c'est qu'il n'avait pas perdu de temps à réfléchir. De sa part, cette hâte semblait tout de même bien surprenante. Un homme comme lui, si pressé d'aliéner sa liberté...

Il avait dû décider qu'il était temps pour lui de se ranger et de songer à fonder une famille. Et comme le genre de vie qu'il menait ne devait pas souvent lui fournir l'occasion de rencontrer des jeunes filles, il avait tout simplement choisi la plus belle. Cela paraissait plausible, mais Lydia n'arrivait pas à se satisfaire de cette explication.

Elle n'ignorait pas qu'il appartenait au petit cercle des amis du prince de Galles, dont la conduite scandaleuse défrayait la chronique. Tout le monde plaignait sa ravissante épouse, la princesse Alexandra du Danemark. Et, cependant, l'opinion publique s'accordait à reconnaître au prince royal le droit de s'amuser à sa guise. Héloïse ne se formaliserait certainement pas davantage des incartades du comte, mais elle, à sa place... Seigneur ! Elle aimait mieux ne pas y penser. L'idée qu'il pourrait la délaisser pour une autre lui était insupportable. Sa sœur, c'était autre chose. Son cœur — à supposer qu'elle en eût un — était à l'abri de pareilles épreuves. Les blessures d'amour-propre étaient bien les seules à l'atteindre. Elle n'avait jamais aimé et n'aimerait jamais qu'elle-même. C'était difficile à admettre, mais c'était ainsi.

Même pendant la maladie de sa mère, elle avait fait preuve d'une monstrueuse indifférence. Elle refusait obstinément de lui rendre visite dans sa chambre, sous prétexte que les malades l'écœuraient. Ni la douce insistance de Lydia ni les remontrances de son père n'avaient pu la fléchir. Et quand sir Robert avait voulu l'obliger à dire un dernier adieu à la mourante, elle était entrée dans une de ces colères qui révélaient si cruellement le fond de son caractère.

— Qu'elle meure ! s'était-elle écriée d'une voix mauvaise, et qu'on en finisse avec toutes ces simagrées. J'ai envie de m'amuser, moi !

Là-dessus, elle avait quitté la pièce en claquant violemment la porte, plongeant son père et sa sœur dans la plus totale consternation. La scène avait été si pénible que Lydia en frissonnait encore. Connaissant sa cadette pour ce qu'elle valait, elle ne pouvait s'empêcher de penser que le comte allait au-devant de bien mauvaises surprises. Avant la fin de sa lune de miel, il saurait à quoi s'en tenir sur les charmes ingénus de sa délicieuse épouse.

Mais peut-être s'en moquait-il, après tout ? Un homme qui avait laissé derrière lui tant de belles éplorées ne devait pas faire grand cas des sentiments, lui non plus. Ainsi, tout était pour le mieux. Héloïse et lui formeraient un couple parfaitement assorti.

Lydia en était là de ses réflexions quand elle entendit un bruit de voix résonner dans le hall. Aussitôt, elle quitta sa chambre et regagna silencieusement son poste d'observation. Sur le point de partir, le comte remettait déjà ses gants et son chapeau.

— Nous reparlerons de tout cela demain, chez vous, disait au même instant sir Robert. Ce voyage s'annonce des plus intéressants, mais il y aura beaucoup de choses à mettre au point.

— Cela va de soi. Et puis, je tiens à vous montrer ma dernière acquisition. Un cheval sur lequel j'aimerais beaucoup avoir votre avis...

Les deux hommes descendaient les marches du perron, et Lydia n'entendit pas la suite. Sans perdre une minute, elle rejoignit sa sœur dans le salon. Que pouvait bien être ce mystérieux voyage auquel sir Robert avait fait allusion ?

Debout près de la fenêtre, Héloïse se retourna à son entrée.

— Je suis fiancée ! s'écria-t-elle en s'élançant à sa rencontre, et ce n'est pas tout ! Nous partons en voyage, figure-toi. Nous nous marierons à notre retour. C'est complètement insensé mais le comte y tient.

La mention de cette singulière exigence réveilla les pressentiments de Lydia. Décidément, ce mariage s'entourait de bien étranges circonstances.

— En voyage ! s'exclama-t-elle, mais... où ça ?

— A Honolulu. Mais ne me demande pas où ça se trouve... je n'en ai pas la moindre idée !

2

Lydia dévisagea sa sœur avec effarement. Pour ce qu'elle en savait, Honolulu était la capitale d'Hawaï, un chapelet d'îles perdues au fin fond du Pacifique... Que diable le comte de Royston pouvait-il avoir de si urgent à y faire en un moment pareil, lui qui semblait si pressé de se marier ?

Le retour de son père la tira de sa perplexité. Il connaissait le fin mot de l'histoire et se fit un plaisir de satisfaire la curiosité de ses filles. Deux ans plus tôt, leur apprit-il, le roi Kalakaua était monté sur le trône d'Hawaï. Aimant le faste et les plaisirs, Sa nouvelle Majesté hawaïenne n'avait rien eu de plus pressé que de copier les coutumes occidentales, le plus royalement possible.

Pour commencer, le Roi s'était fait construire un immense palais et avait entrepris un grand voyage autour du monde. Pouvoir se dire le premier souverain qui ait parcouru toutes les mers du globe était un privilège dont il n'était pas peu fier, mais il ne s'en était pas tenu là. Il organisait des concours hippiques, donnait des bals et des galas somptueux et entretenait courtisans et visiteurs avec le même luxe extravagant. Tout cela, naturellement, aux dépens de son peuple accablé d'impôts.

— Comme tout monarque qui se respecte, observa en riant Lydia.

— Mais en plus amusant, il faut bien le dire, précisa sir Robert. Et ce n'est pas à tort qu'on surnomme le Roi « Sa Joyeuse Majesté ». A mon avis, l'épithète est encore au-dessous de la vérité.

— Le personnage ne doit pas manquer de sel, reprit sa fille, mais je ne vois toujours pas ce qui peut pousser le comte à se déplacer pour lui rendre visite.

— C'est le plus curieux de l'affaire, justement. Au cours de son périple autour du monde, le roi n'a pas manqué de venir saluer notre Reine, et Sa Majesté s'est déclarée tout à fait charmée par son accent britannique. Aussi a-t-elle décidé de se faire représenter aux fêtes du couronnement, qui auront lieu en février.

— Et c'est le comte qu'elle a choisi pour cela ! s'exclama Lydia en se retournant vers sa sœur. Tu as vraiment beaucoup de chance, Héloïse. Tu auras une place de premier plan à la cérémonie, et tu vas découvrir un pays merveilleux.

— Je crois en effet que nous n'aurons pas le temps de nous ennuyer, commenta sir Robert en s'éloignant vers la porte. Je ne suis vraiment pas fâché d'être du voyage.

Lydia lui aurait volontiers posé d'autres questions, mais il avait déjà disparu. Quant à Héloïse, l'aventure ne semblait lui inspirer aucun intérêt particulier. Comme d'habitude, elle ne songeait qu'aux toilettes qu'elle emporterait. Ce sujet n'intéressait que médiocrement sa sœur, qui brûlait de connaître les détails de l'entrevue.

— Et cette demande en mariage ? s'enquit-elle avec curiosité. Tu ne m'as toujours pas dit comment cela s'était passé.

— Pour être franche, je n'en sais rien moi-même, répondit Héloïse d'un ton évasif. Je guettais si impatiemment les mots décisifs que je ne sais même pas comment le comte s'y est pris pour les dire. Toutefois...

Elle s'interrompit et fronça légèrement les sourcils.

— Son style ne m'a pas semblé aussi passionné qu'on aurait pu le souhaiter, reprit-elle après quelques instants. Je m'attendais à quelque chose de plus romantique.

— Tu n'espérais tout de même pas qu'il allait mettre un genou en terre ?

— Et pourquoi pas ? Il n'aurait pas été le premier à le faire !

Lydia se mordit la lèvre. Le comte de Royston, fléchir le genou devant une femme, et surtout une péronnelle comme sa sœur... c'était non seulement du plus haut comique, mais parfaitement impensable. Elle en aurait ri, si elle avait osé, mais elle tenait trop à savoir la suite pour prendre le risque de vexer Héloïse. Adroitement, elle poursuivit ses questions, jusqu'à ce qu'elle s'entendît répondre :

— Très bien, puisque cela t'intéresse tant, voilà exactement ce qu'il m'a dit : « Vous êtes la plus belle femme que j'aie jamais vue et je voudrais que vous m'accordiez votre main. Je suis certain que nous serons très heureux ensemble. »

— Quoi... c'est tout ?

— C'est assez clair, il me semble ! J'ai répondu « oui », il m'a embrassée, après quoi il m'a annoncé qu'il partait pour Honolulu et qu'il aimerait beaucoup que je l'accompagne.

— Et papa aussi, je suppose ?

— Naturellement. J'avoue que j'aurais préféré assister au couronnement en tant que comtesse de Royston : cela aurait fait beaucoup plus d'effet. Mais le comte a dit que nous passerions par New York et que ma beauté y rencontrerait le plus grand succès.

— Je n'en doute pas. Je suis certaine qu'aucune Américaine ne pourra rivaliser avec toi.

— Ni avec mes toilettes ! A propos, il faut que je m'en occupe sans tarder. Nous avons si peu de temps devant nous !

— Quand donc comptez-vous partir ?

— Juste après Noël, au plus tard début janvier.

Lydia laissa échapper une exclamation consternée.

— Si tôt ? Mais oui, bien sûr, j'oubliais : le couronnement doit avoir lieu en février !

— Ce qui veut dire que je n'ai pas une minute à perdre. Nous partons pour Londres immédiatement.

— Mais aucune couturière ne sera libre ! Elles ont un travail fou avec les fêtes de Noël.

— Ça, c'est leur problème, pas le mien. Est-ce que tu te rends compte que je n'ai pratiquement aucune robe neuve, à part celle que je portais pour mon premier bal ? D'ailleurs, j'en ai déjà assez, de celle-là !

Lydia passa mentalement en revue l'impressionnante garde-robe de sa sœur et ne put s'empêcher de soupirer. Leur père avait déjà dépensé tant d'argent pour satisfaire la coquetterie de sa cadette. Elle se changeait au moins trois fois par jour, au gré de son humeur... Qu'avait-elle besoin d'autres toilettes ? Ses exigences étaient tout à fait déplacées, mais il n'était pas question de le lui dire. La moindre remarque aurait déclenché une de ses épouvantables colères que personne ne se risquait à provoquer. Mieux valait se taire et se mettre en devoir de préparer leur départ. Sir Robert, lui, ne chercha pas à dissimuler sa contrariété.

— Ne comptez pas sur moi pour vous accompagner à Londres, répondit-il à Lydia quand elle lui fit part de leurs projets. Je resterai ici jusqu'au dernier moment. C'est déjà bien assez de quitter mes chevaux pendant cet interminable voyage.

— Ne vous inquiétez pas, je saurai très bien m'en occuper.

— Je ne vois pas comment tu t'y prendrais, puisque tu viens avec nous !

Les yeux de Lydia s'arrondirent de surprise.

— Qu'est-ce que... qu'est-ce que vous dites ? Vous m'emmenez avec vous ?

— Héloïse ne te l'a pas dit ? s'étonna sir Robert. Elle n'a pas dû faire attention à ce détail. Pourtant, c'est la seule solution : Royston m'a dit que nous ferions la traversée de San Francisco à Honolulu sur un bâtiment militaire.

Lydia le dévisagea, perplexe : l'explication ne lui semblait pas très claire.

— Comme l'a fait observer Royston, enchaîna-t-il aussitôt, la présence de personnel féminin à bord risquerait de jeter le trouble parmi l'équipage. Il a suggéré qu'Héloïse choisisse une compagne qui soit en mesure de l'aider, et tu me sembles tout indiquée pour cette tâche.

— Moi !

— Évidemment, toi. Tu as l'habitude de t'occuper d'elle, tu sauras t'arranger pour la distraire. Avec toutes les complications qui peuvent surgir en mer, Dieu sait de quelle humeur elle sera. Je compte sur toi pour veiller à ce que tout se passe bien.

Sir Robert réfléchit quelques instants et reprit d'un ton soucieux :

— Personnellement, j'estime que le comte a eu tort d'insister pour nous emmener, mais il a été très ferme là-dessus. Il dit qu'il serait fou de quitter Héloïse, alors qu'il vient tout juste de demander sa main.

— C'est assez compréhensible, approuva Lydia, mais il me semble qu'il eût été plus naturel de faire le voyage avec sa femme, plutôt qu'avec sa fiancée, même accompagnée de son père.

Elle ne prit pas la peine de mentionner sa présence, sachant très bien qu'elle serait reléguée au rang de servante.

— C'est aussi mon avis, et je suppose que Royston a de bonnes raisons d'agir ainsi.

C'était exactement l'impression de Lydia, et la réponse de son père la confirma dans son opinion. Cette demande en mariage devait avoir un motif bien précis, que le comte était pour le moment seul à connaître. La question méritait réflexion, mais elle n'avait guère le temps d'y penser. Une fois de plus, tout le poids des préparatifs retombait sur elle.

Ce fut donc elle qui accompagna sa sœur à Londres et convoqua modistes et couturières, tandis qu'Héloïse se reposait des fatigues du voyage. Elle encore qui prit tous les arrangements pour que les fameuses toilettes soient terminées et livrées dans les plus brefs délais. Elle enfin qui dut courir les magasins pour dénicher les gants, souliers, chapeaux et rubans assortis aux robes choisies. Sans compter les ombrelles, bonnets, châles des Indes, dont sa sœur prétendait ne pas pouvoir se passer. Même sir Robert, pourtant si prodigue de ses deniers quand il s'agissait de gâter sa cadette, avait frémi à l'énoncé de ses exigences.

— N'oublie pas qu'il s'agit d'un voyage en bateau, avait-il eu l'imprudence d'observer. Tu n'auras jamais l'occasion de porter toutes ces fanfreluches à bord.

— Vous voulez donc que je passe pour une mendiante ! s'était écriée Héloïse. Je n'ai pas l'intention de m'exhiber en haillons, ni de faire honte à mon futur époux !

Sentant venir une de ces bouillantes colères qu'il redoutait plus que tout au monde, sir Robert s'était hâté de battre en retraite. A vrai dire, il n'était pas autrement fâché de céder, imaginant déjà le succès de sa fille : dans ses toilettes dernier cri, sa beauté ne serait que plus remarquée.

Cette complaisance ne l'empêchait cependant pas de songer au coût de ces extravagances, mais cela, c'était le domaine de Lydia. A elle de veiller à ce que la note ne dépasse pas trop les crédits alloués, quitte à décommander quelques robes en cachette de sa sœur. Elle avait assez d'adresse et de tact pour se tirer de telles difficultés, et ce n'était pas la première fois qu'elle se trouvait confrontée à pareil problème. Toutefois, elle n'avait pas prévu la singulière mauvaise humeur dont sa sœur fit preuve pendant son séjour dans la capitale.

— Le comte me néglige, gémissait-elle à tout instant. Il aurait dû insister pour nous accompagner, et l'idée ne lui en est même pas venue !

Lydia elle-même trouvait ce manque d'empressement quelque peu bizarre, mais se gardait bien de le dire. La moindre observation de sa part n'aurait fait qu'aggraver le dépit d'Héloïse... qui finit pourtant par éclater.

— C'en est trop, déclara-t-elle un jour d'un ton rageur. Je vais écrire au comte pour lui ordonner de venir me rejoindre immédiatement !

— A ta place, je n'en ferais rien, fit posément remarquer Lydia. Ce ne serait pas très adroit.

— J'étais sûre que tu allais me dire cela : il faut toujours que tu te mêles de mes affaires !

— Pas du tout, je veux tout simplement t'empêcher de faire une bêtise. Tous les hommes aiment le sport, le comte plus que tout autre. Tu ne peux tout de même pas lui demander de renoncer à chasser, en pleine saison, uniquement pour t'escorter dans les boutiques !

— Si, justement. Il aurait dû me supplier de lui permettre de m'accompagner, comme n'importe quel fiancé l'aurait fait.

Sur ce point, au moins, Lydia partageait entièrement l'avis de sa sœur. Elle réfléchit rapidement au moyen de l'apaiser.

— Et si tu retournais à Westbury Park ? suggéra-t-elle après un silence prudent. Les couturières pourront faire les retouches sur moi, nous sommes exactement de la même taille. Et ainsi, tu pourras voir le comte à ta guise.

— Ça, c'est une bonne idée ! daigna approuver Héloïse, et j'en ai par-dessus la tête de tous ces essayages. Mais ne tarde pas à rentrer. Le bal de Noël a lieu dans trois jours et j'ai besoin de toi pour me coiffer.

— Sois tranquille, je serai de retour à temps.

Lydia n'ignorait pas l'importance que sa sœur attachait à ce bal que présidait le marquis de Rœhampton, lieutenant général du comté. Le vieux gentilhomme n'allait pas tarder à prendre sa retraite et il ne faisait de doute pour personne que le comte de Royston serait appelé à lui succéder. Pour Héloïse, c'était pratiquement chose faite, et elle n'entendait pas le laisser oublier.

— Je porterai la robe de dentelle blanche, décréta-t-elle avec emphase. Le semis de diamants fera un effet sensationnel !

— J'en suis convaincue, ma chérie. Elle te va à ravir, avec toutes ces pierreries qui brillent comme du givre sur la neige : tu seras la reine de la soirée.

C'était bien l'intention d'Héloïse, qui reprit d'un cœur léger le chemin du retour, abandonnant sa sœur à ses fastidieuses corvées.

Deux jours plus tard, à demi morte de fatigue, Lydia bouclait enfin la dernière malle. En attendant le voiturier qui devait transporter à la gare celles qu'elle avait choisi d'emporter, elle contempla une dernière fois cette impressionnante armée de bagages. Non seulement un tel chargement lui semblait superflu, mais elle en venait à se demander si le navire n'allait pas sombrer sous son poids !

En tout cas, elle n'était pas fâchée d'en avoir fini avec toutes ces fanfreluches. Pour elle, une seule séance d'essayage était dix fois plus épuisante qu'une matinée de chasse. Elle se serait volontiers accordé une journée de repos, mais il n'en était pas question. Au contraire, il lui faudrait se lever très tôt le lendemain, si elle ne voulait pas manquer le premier train. Héloïse ne lui aurait jamais pardonné d'être en retard.

Elle n'appréciait pas outre mesure l'idée de voyager seule, hardiesse presque impensable pour une jeune fille de son rang. Mais sa sœur avait emmené la femme de chambre et celui des valets de pied qui faisait d'ordinaire le va-et-vient entre Londres et la campagne. Comme les autres domestiques, plus âgés, appréhendaient les voyages en chemin de fer, elle avait décidé de se passer de compagnie et réservé un compartiment.

Elle savait que son père désapprouverait son geste, mais elle aimait mieux encourir une remontrance qu'imposer une corvée à leurs vieux serviteurs. Eux aussi avaient pâti du surcroît de travail causé par les exigences d'Héloïse, et elle avait fait de son mieux pour les en soulager. Sa dernière tâche accomplie, il lui restait tout juste assez de forces pour monter se coucher. A peine avait-elle posé la tête sur l'oreiller qu'elle s'était endormie.

Elle s'éveilla de bonne heure, expédia toilette et déjeuner et se fit conduire à la gare. Le contrôleur l'escorta jusqu'à son compartiment et, après l'avoir aidée à s'installer, l'y enferma avec soin. Le train était sur le point de partir quand la porte se rouvrit, livrant passage à une élégante jeune femme enveloppée de zibeline. Par la fenêtre, Lydia aperçut la chambrière qui l'accompagnait. Elle portait avec précaution un luxueux coffret à bijoux, orné d'une couronne armoriée. Elle venait juste de monter dans un compartiment voisin quand le train s'ébranla.

Intriguée, Lydia jeta un coup d'œil discret en direction de la nouvelle venue. Elle était absolument ravissante et toute sa personne portait l'empreinte de la plus parfaite distinction.

— Verriez-vous un inconvénient à changer de place avec moi ? demanda-t-elle après quelques instants de silence. Je ne supporte pas d'être assise à contresens de la marche. En outre, je suis en plein soleil, ce qui est tout à fait désastreux pour mon teint !

Le pâle soleil d'hiver qui perçait faiblement les nuages ne risquait aucunement de gâter le teint de qui que ce soit, mais celui de la belle voyageuse était si délicat que Lydia excusa volontiers ses craintes.

— Pas du tout, répondit-elle en se levant. Cela m'est tout à fait indifférent.

— Mon invitation a dû vous surprendre, reprit la jeune femme, quand l'échange fut accompli, et je vous prie de m'en excuser. D'habitude, je voyage en wagon privé ou je réserve un compartiment. Mais je me suis décidée à la dernière minute, voyez-vous. J'étais un peu souffrante et je ne pensais pas pouvoir assister au bal auquel, finalement, je me rends. Et comme il a lieu ce soir...

— S'agirait-il du bal de Noël que donne le marquis de Rœhampton, par hasard ?

— Comment ! s'exclama la voyageuse, vous connaissez le marquis ?

— Mais oui, c'est l'un de nos plus proches voisins. Et aussi un ami de mon père, sir Robert Westbury.

L'expression de la jeune femme traduisit clairement son étonnement.

— Westbury, dites-vous ? Vous seriez donc... Mais non, c'est impossible ! Vous n'êtes pas cette jeune personne dont le comte de Royston a demandé la main ?

— Non, Madame, c'est ma sœur, Héloïse. Moi, je suis Lydia, l'aînée des filles de sir Robert.

— Ah... je vois.

Pendant quelques instants, il sembla que la conversation allait en rester là, mais la belle inconnue retrouva promptement ses esprits.

— Je suis la comtesse de Milbourne, expliqua-t-elle, songeant enfin à se présenter. Et le comte est l'un de mes très chers amis.

L'insistance qu'elle mit à appuyer sur le « très » laissait clairement entendre que ses relations avec le comte avaient depuis longtemps franchi les limites de l'amitié. Et, comme si elle ne voulait laisser planer aucun doute là-dessus, elle ajouta avec désinvolture :

— L'annonce de ce mariage a fait l'effet d'une bombe dans l'entourage du comte, vous savez ? Surtout parmi ses... ses intimes. Cette fiancée qui tombe du ciel ! Nous nous perdons en conjectures...

— Ma sœur est très belle, observa tranquillement Lydia.

Les narines de la comtesse palpitèrent. Une personne de son rang ne pouvait se permettre de ricaner, mais cette mimique exprimait parfaitement ses sentiments.

— C'est étrange, déclara-t-elle d'un ton plein de sous-entendus, Royston était bien décidé à se marier le plus tard possible. Votre sœur a dû employer des moyens très persuasifs pour le faire changer d'avis ?

Elle attendit une réponse qui ne vint pas et finit par demander :

— Quel âge a-t-elle, au juste ?

— Dix-huit ans.

— Seigneur, la pauvre enfant ! Je ne puis m'empêcher d'avoir pitié d'elle. Le comte est un homme charmant, mais il n'est pas fait pour le mariage, tous ses amis vous le diront. Encore, s'il épousait une femme qui ait quelque expérience, elle serait mieux armée pour supporter ce qui l'attend. Mais une jeune fille... j'aime mieux ne pas y penser !

Ces démonstrations de sollicitude n'abusaient pas Lydia le moins du monde. Son interlocutrice, malgré ses airs apitoyés, se délectait à l'idée que l'innocente Héloïse serait incapable de s'attacher son mari. Et elle-même devait bien s'avouer que pareille pensée lui était déjà venue. Elle désapprouvait totalement l'attitude et les discours de la comtesse, mais sa curiosité était éveillée. Aussi, surmontant sa répugnance envers toute forme de médisance, déclara-t-elle aimablement :

— Parlez-moi encore du comte de Royston, je vous en prie. Je ne l'ai jamais rencontré, bien que je l'aie aperçu très souvent à la chasse.

— Et vous ne lui avez jamais parlé ? s'exclama la comtesse, visiblement stupéfaite. Alors préparez-vous à avoir une surprise, mademoiselle Westbury. Il ne ressemble à aucun des hommes que vous connaissez, j'en mettrais ma main au feu !

— Qu'a-t-il donc de si singulier ?

— Comment vous dire ? Il se comporte comme si le monde entier lui appartenait, tout simplement. Et le plus curieux, c'est que tous ceux qui l'approchent ne tardent pas à en être persuadés. De la part d'un autre une telle attitude serait insupportable, mais chez lui...

La jeune femme s'interrompit un instant et reprit d'une voix songeuse :

— Elle est si naturelle que personne n'aurait l'idée de s'en offenser. Et personne non plus ne lui conteste l'espèce de supériorité, de domination, qu'il exerce sur tous ceux qui l'approchent.

— Y a-t-il longtemps que vous le connaissez ?

— Oh oui, des années !

La comtesse eut un petit rire qui la fit paraître encore plus jolie et une lueur étrange, presque inquiétante, passa dans son regard. On eût dit une chatte aiguisant silencieusement ses griffes.

— Comme je vous le disais, enchaîna-t-elle avec un sourire suave, nous sommes de très, très vieux amis. C'est pourquoi je suis si curieuse de rencontrer votre sœur. Elle doit réunir tous les charmes qui manquent à... à ces infortunées qui ont pu se croire un instant les favorites de Hunter.

Le surnom lui avait échappé par mégarde et elle se hâta de poursuivre :

— Naturellement, le comte suit ses propres lois, qui ne sont pas celles du commun des mortels, et nul n'aurait la prétention de le juger !

Lydia était littéralement stupéfaite de ce qu'elle entendait. Elle n'avait jamais parlé à personne qui connût aussi bien le comte. Aussi, dans le seul dessein de poursuivre l'entretien, déclara-t-elle sans la moindre malice :

— L'une des amies du comte a dîné à la maison, l'autre jour. Vous la connaissez sans doute : la duchesse de Dorchester ?

Un éclair de compréhension amusée s'alluma dans les yeux de la comtesse.

— Daisy ! s'exclama-t-elle sans réfléchir, c'était donc ça ! Je me doutais bien qu'il y avait une explication à ce mystère. A ce qu'on dit, le duc est furieux et réclame vengeance à grands cris.

Elle avait parlé comme on pense tout haut et parut brusquement s'aviser qu'elle en avait trop dit.

— Évidemment, se reprit-elle aussitôt, ce ne sont que des racontars. Cette chère Daisy est mon amie, au même titre que le comte. Elle est charmante et nous en sommes tous fous.

Adroitement, elle fit dévier la conversation sur des sujets plus anodins, évitant désormais de prononcer le nom du comte de Royston. Ce détail ne passa pas inaperçu de Lydia, mais elle ne s'en émut guère : elle en savait assez. Ses vagues soupçons n'étaient donc pas le fruit de son imagination. C'était la menace d'un scandale mondain — une histoire impliquant la duchesse de Dorchester — qui avait motivé cette stupéfiante demande en mariage.

A vrai dire, elle s'était toujours doutée que les charmes de sa sœur y étaient pour peu de chose. A Londres, au cours des nombreuses festivités de la saison, Héloïse avait eu maintes occasions de rencontrer le comte. Mais il ne s'était jamais trouvé assis à table à côté d'elle et ne l'avait jamais non plus invitée à danser. S'il l'avait fait, elle n'aurait pas manqué de se vanter de ce succès.

Chaque matin, pendant leur séjour dans la capitale, elle se complaisait à dresser pour sa sœur la liste des jeunes gens qui l'avaient entourée, admirée, complimentée. Et pas une seule fois, au cours de ces conversations, il n'avait été question du comte de Royston. Jusqu'à cette soirée mémorable où il avait paru tout à coup s'apercevoir de son existence. C'était le lendemain même qu'à la surprise générale il avait brusquement demandé sa main.

Le fait de ne pas comprendre tout à fait les raisons du comte tracassait quelque peu Lydia : elle aurait donné beaucoup pour connaître le fin mot de l'énigme. Mais cette agaçante préoccupation ne suffisait pas à gâcher sa joie de suivre Héloïse à Honolulu. Depuis qu'il en était question, elle marchait sur des nuages. Elle allait être admise en la compagnie du comte de Royston, même s'il ne devait jamais lui adresser la parole ni remarquer sa présence. Il serait là, elle le verrait, l'entendrait, et cela lui suffisait.

Elle n'avait pas réussi à savoir s'ils seraient les seuls à se joindre à lui ou si la Reine avait désigné d'autres personnes pour la représenter. Son père lui-même n'avait pu le lui dire. Mais peut-être, entre-temps, l'avait-il appris ? Elle se promit de le lui demander.

Toute à ses pensées, elle faillit ne pas remarquer qu'elle avait atteint le but de son voyage. Après avoir pris congé de la comtesse, elle monta dans la calèche qui l'attendait et se replongea dans ses réflexions. En rapprochant ce qu'elle venait d'apprendre des propos surpris chez son père, au cours de cette fameuse soirée, elle commençait à y voir plus clair. Comme si les différentes pièces d'un puzzle s'assemblaient peu à peu sous ses yeux pour former un dessin cohérent.

A peine arrivée à Westbury, on l'avertit que sir Robert la réclamait de toute urgence dans son cabinet de travail. Elle s'y rendit aussitôt, sans même prendre le temps d'enlever son chapeau. Penché sur son bureau, une plume à la main, son père leva la tête à son entrée.

— Ah te voilà ! s'écria-t-il avec humeur. Il était temps !

Lydia se débarrassa de ses gants, dénoua sa capote et la jeta sur un fauteuil.

— Qu'est-il arrivé, papa ? Vous avez des ennuis ?

— Ai-je dit qu'il était arrivé quelque chose ? grommela aigrement sir Robert. Il ne s'est rien passé, mais ta sœur est tout simplement impossible, comme toujours. Personne ne peut en venir à bout, quand tu n'es pas là.

— J'en suis navrée pour vous, papa. Qu'est-ce qui ne va pas, cette fois-ci ?

— Elle n'arrête pas de me tarabuster pour que j'envoie quelqu'un chercher Royston, comme s'il était à mes ordres ! Je me tue à lui dire qu'il est occupé, rien à faire avec cette enragée. Il l'emmène à Honolulu, elle devrait être contente, il me semble !

— Vous voulez dire... qu'elle n'a pas encore vu le comte depuis son retour de Londres ?

— Bien sûr que non, et cela se comprend, que diable ! Elle n'espère tout de même pas qu'il va se priver d'une journée de chasse pour la suivre comme un toutou ?

Lydia s'assit tranquillement sur une chaise, méditant l'information. Elle n'avait aucune peine à se représenter l'état d'esprit de sa sœur. Rentrée tout exprès de Londres pour voir le comte et ne trouvant personne pour la distraire, elle devait avoir eu le temps de regretter sa décision. En ville, au moins, elle aurait été fêtée, entourée, assaillie d'invitations. Tous les salons se seraient ouverts à la fiancée du comte de Royston. Doublement frustrée, il n'était pas difficile d'imaginer dans quel état de rage elle devait se trouver.

— Je vois, dit Lydia en se levant pour ramasser sa capote et ses gants. Je vais lui parler, papa. De toute façon, elle va bientôt voir le comte puisque vous dînez chez le marquis, avant le bal.

— Évidemment, elle va le voir, et je compte sur toi pour l'empêcher de lui faire une scène. Il n'est pas homme à le supporter, tâche de lui faire entrer ça dans la tête !

Tout en se disant que ce ne serait pas chose facile, Lydia quitta la pièce et se dirigea vers la chambre de sa sœur. Héloïse était étendue sur une chaise longue, devant la cheminée, une couverture d'hermine sur les genoux. Ses longs cheveux, lavés le matin même, cascadaient librement sur ses épaules. Dans cette pose abandonnée, avec son négligé vaporeux, elle était absolument adorable.

— Te voilà enfin ! dit-elle en manière de bienvenue, du même ton rogue dont avait usé son père. Je suis rentrée pour rien, figure-toi. J'aurais bien mieux fait de rester à Londres !

— Tu aurais trouvé cela très fatigant : j'ai dû subir au moins une centaine d'essayages ! Enfin, tes robes sont ravissantes, c'est l'essentiel.

— A quoi cela m'avance-t-il d'avoir de jolies robes, si personne n'est là pour les voir ?

— J'ai amené la blanche avec moi, celle qui a tous ces volants de dentelle... elle est tout simplement merveilleuse. Si tu la portes avec les diamants de ta mère, tu seras la reine du bal.

— Je l'espère bien ! s'exclama la jeune fille d'un ton boudeur. J'aimerais mieux ne pas y aller, s'il devait en être autrement.

Lydia étouffa un soupir et jeta un coup d'œil à la pendule.

— Il va bientôt être l'heure de prendre ton bain, observa-t-elle. Je vais poser mon manteau et je reviens m'occuper de toi.

Elle quitta la pièce et regagna lentement sa chambre où une servante achevait de déballer sa malle. Sans attendre qu'elle ait fini, elle la pria d'aller lui préparer du thé. Sa lassitude était telle qu'elle en venait à se réjouir de ne pas aller au bal.

— Heureusement que je ne suis pas invitée ! murmura-t-elle en se laissant tomber sur le tabouret de sa coiffeuse. Je suis bien trop fatiguée pour m'amuser.

Puis, apercevant son reflet dans le miroir, elle se demanda si elle n'était pas en train de se mentir. Certes, elle était fatiguée. Fatiguée de porter les vieilles robes d'Héloïse, d'essuyer sa mauvaise humeur, de s'effacer sans arrêt devant elle. Si seulement elle pouvait, ne serait-ce qu'une fois, abandonner ce rôle, obéir à ses impulsions, cesser d'être une ombre pour être simplement... elle-même. Si seulement elle pouvait s'amuser un peu, elle aussi !

Tout à coup, comme un rayon de soleil perçant les nuages, une pensée inattendue lui traversa l'esprit. Ces joies qui lui avaient toujours été refusées, elle allait les connaître, enfin ! Elle allait prendre le bateau pour un merveilleux voyage vers une île inconnue, à l'autre bout du monde. Et, qu'il le sût ou non, elle allait partager cette fabuleuse aventure avec le comte de Royston !

Le lendemain matin, elle eut la bonne surprise de trouver sa sœur de la plus charmante humeur. A l'entendre, le comte s'était montré navré de l'avoir ainsi négligée et s'était confondu en excuses.

— Il croyait que j'étais toujours à Londres, expliqua-t-elle, et il mourait d'envie de venir me rejoindre, mais il n'a pas pu. A cause du voyage, tu comprends. Il avait toutes sortes d'affaires à régler avant de partir et des rendez-vous impossibles à décommander. Il en était si désolé, si tu savais !

Ce que Lydia croyait savoir, c'est que le comte avait vraiment beaucoup de tact. Non seulement il avait réussi à transformer sa défection en compliment, mais il avait convaincu tout le monde de son admiration pour Héloïse.

— Ta sœur a remporté un succès fantastique ! lui apprit son père avec fierté. Tout le monde était sous le charme, Royston comme les autres !

— J'en suis très heureuse, papa.

— Il ne faut tout de même pas qu'elle s'attende à le voir lui manger dans la main, précisa prudemment sir Robert, ce n'est pas son genre. Tu devrais lui en toucher un mot.

— J'essaierai, papa, mais tu la connais : elle aime être courtisée. C'est assez normal, elle est tellement habituée à être admirée.

— Je sais, je sais. Mais Royston aussi, figure-toi. Il a toujours eu une véritable cour d'adoratrices.

— Au fait, observa Lydia, j'ai rencontré une dame qui paraissait très bien le connaître : la comtesse de Milbourne.

Sir Robert éclata de rire.

— Ça, je te l'accorde ! dit-il d'un air entendu. Je crois en effet qu'elle le connaît *très* bien.

Puis, changeant brusquement de ton, il ajouta :

— A ta place, j'éviterais d'écouter les bavardages de ces dames, surtout quand il s'agit de Royston. Et garde-toi d'en répéter un mot à ta sœur, surtout !

— Naturellement, papa, tu n'as pas besoin de me le dire ! Mais si Héloïse pose des questions ? Tu sais comment elle est : quand elle veut savoir quelque chose...

— Elle y parvient toujours, je sais. Alors arrange-toi pour la tenir éloignée de toutes ces commères, surtout de la comtesse. Et si tu veux mon avis, tiens-toi à l'écart, toi aussi. Tu ne t'en porteras que mieux.

Lydia n'osa pas lui faire remarquer que sa recommandation était tout à fait superflue. Il y avait fort peu de chances pour qu'elle rencontre à nouveau la comtesse, pas plus que l'un ou l'autre des amis du comte. Sauf, si quelques-uns d'entre eux se trouvaient être du voyage, bien entendu. De toute manière, elle allait être bien trop occupée pour se soucier de mondanités.

Le départ était prévu pour les premiers jours de janvier et, de Noël au nouvel an, elle se consacra entièrement aux préparatifs. C'est-à-dire essentiellement aux robes, malles, coffrets et colifichets d'Héloïse et à Héloïse elle-même, naturellement. Ce fut seulement à la dernière minute qu'elle s'avisa d'un oubli fâcheux... elle n'avait pas pensé à ses propres bagages ! L'eût-elle fait, elle n'en eût pas été plus avancée : elle n'avait pratiquement rien à emporter.

Une fois de plus, elle eut recours à la garde-robe de sa sœur. Héloïse lui avait souvent demandé de jeter les toilettes dont elle ne voulait plus, ce qu'elle s'était bien gardée de faire. La plupart étaient encore presque neuves et elle n'eut qu'à faire son choix parmi elles. Il y avait même quelques robes du soir qu'elle n'avait jamais portées, s'en étant dégoûtée aussitôt après les avoir achetées. Parmi celles-ci, Lydia choisit les plus simples, qui étaient encore beaucoup trop ornées pour son goût. Aussi chargea-t-elle la couturière de découdre une partie des perles, rubans et fanfreluches qui les décoraient à profusion et d'en alléger la ligne.

Elle n'avait jamais cherché à attirer l'attention sur elle. Par modestie naturelle, d'abord, et aussi parce qu'elle se jugeait insignifiante et peu faite pour occuper le devant de la scène. Elle sélectionna les toilettes les moins voyantes, blanches ou dans les teintes pastel qu'elle estimait devoir lui convenir. Par chance, Héloïse préférait les tons vifs, surtout le rose et le bleu. L'un parce qu'il faisait valoir l'éclat de son teint et de ses lèvres, l'autre la couleur de ses yeux. Quand elle portait du blanc, c'était toujours avec force broderies, plumes, perles ou pierreries.

C'est moi qui passerai pour une mendiante, se surprit à penser Lydia, en se rappelant les paroles de sa sœur. Puis elle se dit qu'elle n'avait aucune raison de s'inquiéter à ce sujet. Il y avait fort peu de chances pour qu'elle assiste au couronnement aux côtés d'Héloïse. Selon toute vraisemblance, elle serait perdue dans la foule et personne ne prêterait la moindre attention à elle. Et personne non plus ne l'empêcherait de jouir des beautés de cette île inconnue et qu'elle imaginait merveilleuse, Hawaï.

Dès qu'elle put trouver une minute, elle courut à la bibliothèque et feuilleta avidement l'encyclopédie. Elle n'apprit pas grand-chose, sinon que les îles avaient été découvertes au siècle précédent par le capitaine Cook. Après avoir reçu un accueil triomphal de la part des indigènes, le grand navigateur avait fini par trouver la mort dans un combat féroce avec l'une des peuplades de l'archipel. Ses ossements avaient été dispersés et il avait été impossible de les rassembler pour lui donner une sépulture. Hawaï, désormais royaume indépendant, entretenait des relations amicales avec la couronne d'Angleterre. Mais les Américains rêvaient de prendre pied sur les îles et de les annexer à leur territoire.

Ces informations ne firent qu'éveiller sa curiosité sans la satisfaire. Mais elle eut beau fouiller parmi les nombreux volumes, elle ne trouva plus rien qui concernât, de près ou de loin, les îles Hawaï. Dépitée, elle se reprocha de n'avoir pas mis à profit son séjour à Londres pour visiter le British Museum ou l'une des grandes bibliothèques de la ville. Bien décidée à obtenir les renseignements désirés, elle réfléchit intensément. Il était impossible que personne ne sût rien sur la question qui l'intéressait, mais à qui s'adresser ?

Et brusquement, comme si une voix la lui avait soufflée, la réponse lui apparut : si quelqu'un avait sur ce sujet un peu plus de lumières que le commun des mortels, ce quelqu'un était indubitablement le comte de Royston.

Elle ne devait pas le revoir avant la veille de leur départ. Ce jour-là, il vint au manoir pour s'entretenir avec sir Robert des arrangements de dernière minute.

— Tâche de ne pas l'accaparer, papa, déclara Héloïse d'un ton plein d'insolence, je tiens à le voir en tête à tête. Il n'y a pas moyen de placer un mot, quand tu te lances dans tes histoires de chevaux !

— Royston est venu pour me parler de choses sérieuses, répliqua vertement sir Robert. Tu auras tout le temps de le voir pendant la traversée, sans compter cet interminable trajet en chemin de fer. L'Atlantique et l'Amérique, ce devrait être suffisant comme parcours, non ?

L'humeur d'Héloïse changea instantanément.

— Mais je n'ai pas la moindre envie de faire ce voyage, gémit-elle d'une voix plaintive. Ne pourrions-nous pas rester ici jusqu'à notre mariage ?

— Tu sais qu'il vous faut attendre, de toute façon, intervint adroitement Lydia. Vous vous marierez à votre retour. Ne disais-tu pas toi-même que tu voulais être une mariée de printemps ? Rappelle-toi, toutes ces fleurs sauvages...

— Justement, je n'en veux plus. Des orchidées feront beaucoup plus d'effet.

— A mon avis, cela risque d'être un peu fade. Mais nous pourrons mettre tout cela au point pendant le voyage, qu'en penses-tu ?

Lydia faillit laisser échapper un soupir de frustration. Pendant toute la traversée, sa sœur ne voudrait parler ni entendre parler que de son mariage, ce qui lui laissait fort peu de chances d'orienter la conversation sur les sujets qui l'intéressaient. L'Amérique par exemple, ou les îles. Surtout les îles, et particulièrement... Hawaï.

Elle imaginait déjà ce paradis perdu en pleine mer, les vagues bruissant sur le sable d'or, les hauts palmiers et les buissons de fleurs éclatantes, répandant leurs parfums au soleil des tropiques. Il lui semblait qu'elle allait vivre un véritable conte de fées. Depuis toujours, elle avait été reléguée dans l'ombre d'Héloïse, et voilà qu'elle allait faire ce merveilleux voyage à ses côtés... c'est à peine si elle pouvait croire à sa chance ! Mais sa sœur, elle n'allait pas tarder à l'apprendre, était loin de partager sa joie.

— Je ne comprends toujours pas ce que tu viens faire, lui reprocha-t-elle d'un ton hargneux, j'aurais cent fois préféré emmener ma femme de chambre. Comme si cette pauvre Jones, à son âge, risquait de tourner la tête à l'équipage... c'est complètement ridicule !

— Mais je suis ravie de la remplacer, répondit Lydia sans se fâcher. D'ailleurs, tu dis toi-même que tu préfères ma façon de te coiffer à la sienne.

— Peut-être, mais ne va pas profiter de la situation pour te mettre en avant. J'ai horreur des femmes qui se font valoir, tu le sais. j'aurais voulu être la seule invitée, mais puisque tu es là, tâche de rester à ta place !

Lydia médita quelques instants sur cette réponse.

— Tu veux dire qu'il n'y aura personne d'autre, à part nous trois ?

— J'espère bien que non ! La Reine n'a désigné que le comte, et c'est lui qui a voulu m'emmener. Il a dit à Sa Majesté qu'il avait trop peur de me voir tomber amoureuse d'un autre, en son absence.

Héloïse s'interrompit et sourit d'un air satisfait.

— En quoi il a eu parfaitement raison, poursuivit-elle en se rengorgeant. Cela pourrait très bien arriver.

Lydia se permit un sourire.

— J'ai peine à croire qu'un rival surgisse pour faire ta conquête aussitôt que le comte aura tourné les talons !

Héloïse prit un air mystérieux.

— On ne sait jamais...

— Je croyais que le comte était le seul homme d'Angleterre qui soit digne de ton choix ?

— Il y a du vrai, j'en conviens. Aucun des grands seigneurs de la cour n'est aussi fortuné que lui. Il possède les plus beaux châteaux et les meilleurs chevaux du royaume.

— Raison de plus pour l'accompagner là-bas, alors. Imagine qu'il se laisse séduire par une de ces vahinés vêtues de fleurs, une plus jolie que toi, bien entendu. Il pourrait avoir le caprice de l'épouser et tu serais bien avancée !

Lydia ne voulait que taquiner sa sœur, mais le résultat dépassa ses prévisions.

— Comment peux-tu me comparer à l'une de ces créatures ! glapit Héloïse, horrifiée. C'est dégoûtant !

Ces filles-là ne savent que se tortiller devant les hommes dans un but honteux et dégradant. Aucune d'elles n'oserait même espérer épouser un gentilhomme anglais !

Cette fois, Lydia éclata de rire.

— Mais je plaisantais, voyons ! Toutefois, à ta place, je serais sur mes gardes. Le comte est un homme très attirant et, où qu'il aille, il se trouvera toujours des femmes pour tenter leur chance auprès de lui.

Lydia avait repris son sérieux. Elle ne voulait pas inquiéter sa sœur, mais elle jugeait de son devoir de lui recommander la prudence. Si amoureux qu'il soit, un homme reste toujours sensible à la flatterie et à l'admiration. Et le comte de Royston avait tout autant qu'un autre besoin d'égards et de considération, si ce n'est davantage.

— Je suis tranquille, déclara Héloïse en secouant ses boucles blondes, il a dit lui-même que j'étais la plus jolie fille qu'il ait jamais vue.

Lydia réprima un soupir. Elle ne pourrait jamais faire comprendre à sa sœur que sa beauté ne suffirait pas toujours à retenir le comte, mais elle en était certaine. D'où lui venait cette certitude, elle aurait été bien incapable de le dire. Mais son instinct l'avertissait que le comte attendait beaucoup plus d'une femme que d'être simplement belle. Elle avait le pressentiment qu'il cherchait quelque chose de plus profond, de plus durable que la beauté. Et pas seulement chez les femmes, mais aussi dans la vie. Avec l'arrière-pensée, cynique et désabusée, qu'il ne le trouverait jamais.

Je divague, se reprit-elle en s'arrachant à sa rêverie. Je ne fais qu'imaginer tout cela. Puis, en un éclair, elle se revit en train d'épier à travers les barreaux de la rampe et se souvint avec précision de ce qu'elle avait éprouvé ce jour-là. L'étrange intuition de comprendre ses pensées les plus secrètes, aussi clairement que s'il lui en avait fait part lui-même. C'était aussi surprenant qu'inexplicable, mais c'était ainsi. Cette expérience lui avait laissé une impression vivace, et tout ce qu'elle entendait dire du comte confirmait ce qu'elle avait deviné de lui. Demain, murmura-t-elle, demain je serai près de lui.

Et ce fut comme si le soleil brillait d'un éclat nouveau et que l'air s'emplissait de chants d'oiseaux.

3

— Et voici ma fille Lydia, annonça sir Robert.

— Votre fille ? s'exclama le comte, manifestement surpris.

Lydia devina que ni son père ni Héloïse ne l'avaient averti qu'elle serait du voyage. Il avait dû s'attendre à voir arriver une demoiselle de compagnie, ou encore une parente pauvre, éperdue de reconnaissance pour l'honneur qu'on lui faisait. Et c'est bel et bien ce que je suis, se dit-elle en esquissant un sourire timide.

Puis, la main du comte se referma sur la sienne et tout son être tressaillit à ce contact. A cet instant précis, elle comprit à quel point elle avait désiré cette rencontre.

— J'espère que vous apprécierez le voyage, mademoiselle Westbury.

Ce n'était qu'une banale formule de politesse et pourtant, elle crut y discerner plus que la simple courtoisie. Le comte l'enveloppait d'un regard attentif, scrutateur, avec cet air bien à lui de guetter l'insaisissable, le miracle auquel il ne croyait plus.

— J'en suis certaine, répondit-elle sur le ton réservé qui lui était habituel, et je me félicite de la chance qui m'est offerte.

Ces paroles, pourtant fort anodines, éveillèrent instantanément la méfiance d'Héloïse. Du fauteuil où elle se prélassait, dans le salon du wagon privé qui les emmenait à Liverpool, elle se hâta d'intervenir.

— Mon bracelet s'est ouvert, lança-t-elle avec aigreur, viens le rattacher !

Lydia s'exécuta, plus attentive au luxe qui l'entourait qu'à l'humeur acerbe de sa sœur. C'était la première fois qu'elle voyageait dans de telles conditions, et elle regardait autour d'elle avec une curiosité ravie. Elle n'ignorait pas que la plupart des grands seigneurs possédaient leur wagon personnel, parfois même un train entier, mais elle n'aurait jamais pensé qu'un tel confort fût possible. Des serviteurs à la livrée du comte allaient et venaient discrètement, surgissant à point nommé pour offrir des rafraîchissements, du café ou une collation, à mesure que la journée s'avançait. Ainsi entrecoupé, le voyage leur parut singulièrement agréable et ils atteignirent Liverpool sans avoir eu le temps de s'ennuyer.

L'Etruria, l'un des deux plus grands transatlantiques de la compagnie Cunard devait lever l'ancre à minuit et les passagers montèrent à bord dans la soirée. Immédiatement, l'attention de Lydia se porta sur les aménagements remarquables du navire. Avec son jumeau, *l'Umbria*, c'était le seul paquebot capable de traverser l'Atlantique en huit jours. Il était chauffé à la vapeur, éclairé au gaz, et ses trois mâts pouvaient porter assez de toile pour suppléer à une éventuelle défaillance des machines.

Toutes ces qualités, dues à l'imagination novatrice de sir William Cunard, n'empêchèrent pas les voyageurs d'éprouver une certaine appréhension. A cette époque de l'année, en effet, on pouvait raisonnablement s'attendre à une mauvaise traversée. Et Héloïse devenait littéralement folle d'angoisse à l'idée qu'elle pourrait souffrir du mal de mer.

— Et même si cela t'arrive, personne ne te verra dans cet état, disait Lydia pour la réconforter. Il n'y aura que moi qui le saurai.

— Mais c'est tellement déplaisant, tellement vulgaire, gémissait la pauvre Héloïse. Si seulement nous étions restés chez nous, au lieu de nous embarquer pour ce pays de sauvages ! Je n'ai pas la moindre envie d'y aller, moi !

Elle avait si souvent répété ces jérémiades avant leur départ que Lydia avait craint un instant qu'ils ne restent en Angleterre. Heureusement, sir Robert n'avait pas fait mine de céder.

— Nous avons accepté, il n'est pas question de se dédire, avait-il déclaré d'un ton sans réplique. Et de quoi aurais-tu l'air si le comte, une fois loin de toi, allait changer d'avis et reprendre sa parole ?

— Je suis certaine qu'il n'en ferait rien, avait répliqué Héloïse.

Mais, bien qu'elle n'en ait rien laissé paraître, son assurance avait dû en être un tantinet ébranlée. En tout cas, c'est de fort mauvaise grâce qu'elle s'était résignée à obéir, et c'est naturellement sur son aînée qu'était retombée son humeur. Aussi, pendant toute la durée du voyage en chemin de fer, Lydia s'efforça-t-elle de se faire oublier. Elle s'installa dans un coin du salon, près d'une table chargée de journaux et de revues que le comte avait fait mettre à la disposition de ses hôtes. Mais, tandis qu'elle feuilletait les pages, apparemment absorbée par sa lecture, elle ne cessait de l'observer à la dérobée.

Maintenant qu'elle était près de lui, il lui paraissait plus attirant que jamais et elle ne pouvait s'empêcher de se demander ce qui le rendait si différent des autres hommes. Sa façon de sourire, peut-être ? Ou plutôt, cette lumière qui pétillait soudain dans son regard, si quelque chose l'amusait ? Quelquefois, il paraissait sombre, ennuyé, presque cynique. Mais quand il riait, ses yeux riaient aussi, et c'était justement cela qu'elle trouvait le plus séduisant chez un homme. Plus d'une fois, elle se surprit à guetter sur ses traits les moindres changements d'expression.

Quand leur long voyage prit fin et qu'ils descendirent du train pour gagner le port, elle n'avait plus aucune illusion sur le sort qui l'attendait. Elle était désespérément éprise d'un homme pour qui elle ne serait jamais rien, sinon l'ombre falote de la femme qu'il aimait.

Je devrais me réjouir des bienfaits qui m'échoient, se dit-elle en montant à bord, c'est encore plus que je n'en pouvais espérer. Comment aurait-elle osé se plaindre, au moment où elle s'embarquait sur l'un des plus beaux vaisseaux qui eussent jamais sillonné l'Atlantique ?

— Dieu merci ! s'exclama au même instant sir Robert, nous sommes installés là où le tangage se fait le moins sentir. Pas de doute, cela me changera des précédents voyages !

Il promena autour de lui un regard satisfait. Non seulement *l'Etruria* bénéficiait du confort le plus moderne, mais le comte avait réservé les meilleures cabines pour ses invités. L'une d'elles avait été aménagée en salon et décorée de somptueux arrangements de fleurs, en provenance des serres de Royston Abbey. Lydia remarqua également une collection des journaux et revues les plus récents, des boîtes de chocolats français et un coffret plein des cigares préférés de son père.

— Le comte a vraiment bien fait les choses, observa-t-elle en souriant.

Comme elle se taisait, la voix d'Héloïse la rappela à ses devoirs en réclamant sa présence. Sans perdre un instant, elle la rejoignit dans sa cabine.

— Il n'y a aucune raison pour que tu sois toujours dans nos jambes, s'entendit-elle dire, à peine entrée. Je préfère que tu restes chez toi, sauf quand j'aurai besoin de toi, bien entendu.

Elle accepta d'autant plus volontiers que sa propre cabine était des plus confortables : sa réclusion forcée ne manquerait pas d'agréments. Si le choix avait dépendu de sa sœur, elle eût certainement été reléguée de l'autre côté du couloir, dans une petite pièce sans hublot, comme les domestiques. Elle aurait aimé remercier le comte de l'avoir si bien logée, mais la démarche était plutôt délicate. Il ne tenait sans doute pas à s'entendre rappeler que la dame de compagnie et la sœur de sa fiancée n'étaient qu'une seule et même personne.

La journée avait été longue, surtout pour Héloïse, qui voulut se coucher immédiatement. Lydia entreprit de défaire ses malles, dont le contenu ne tarda pas à envahir la cabine, puis à déborder dans la sienne. Ce qui n'était pas pour la surprendre et la gênait d'autant moins qu'elle avait fort peu d'objets personnels. D'ailleurs, elle était trop fatiguée pour déballer ses propres effets et décida d'attendre au lendemain.

Il lui restait une dernière tâche à accomplir avant de se mettre au lit : apporter à Héloïse une carafe d'eau pour la nuit. Elle se rendit au salon où, parmi les bouteilles d'alcool, elle découvrit un syphon d'eau gazeuse. Elle se demandait si elle allait l'emporter ou se contenter de remplir un verre quand le comte pénétra dans la pièce.

Il s'était changé et, en voyant sa veste bleu marine à boutons de cuivre, elle devina que c'était la tenue qu'il aimait porter à bord de son yacht. Il avait plus que jamais l'air d'un pirate, et elle eut l'impression que son regard aussi avait changé. En fait, c'était exactement celui qu'elle s'attendait à lui voir en mer. Mais que faisait-il ici ? Les autres passagers devaient être au fumoir, en train de boire et de jouer aux cartes et elle avait supposé qu'il s'y trouverait, lui aussi, en compagnie de sir Robert. En le voyant surgir à l'improviste, elle eut brusquement conscience de ce que son apparence pouvait avoir de négligé. Après avoir déballé, trié, rangé les affaires d'Héloïse, elle ne devait plus être très présentable.

— Puis-je faire quelque chose pour vous, mademoiselle Westbury ?

Mal remise de sa surprise, elle demeura quelques instants immobile. Puis, machinalement, elle éleva la main et lissa ses cheveux en désordre.

— Ma sœur désirait quelque chose à boire, et j'étais en train de me demander si je pouvais emporter le syphon.

Une lueur amusée pétilla dans les yeux du comte.

— Ce ne sera pas nécessaire. Je puis vous en faire porter un autre.

— Je vous demande pardon, s'excusa-t-elle, comprenant qu'il la taquinait. Vous devez me trouver stupide, mais j'ai eu tant de choses à faire, ces derniers jours, que je suis incapable d'assembler deux idées.

— Je dirais plutôt que vous êtes épuisée et sans doute aussi... un peu surexcitée ?

— Qu'est-ce qui vous fait croire cela ?

— Votre attitude, dans le train. Vous regardiez sans arrêt par la fenêtre, comme si vous aviez peur de manquer quelque chose.

Lydia dévisagea le comte avec effarement. Ainsi, il avait pris la peine de l'observer !

— C'est que... je n'étais jamais allée aussi loin dans le Nord, balbutia-t-elle après un court silence.

Le paysage me fascinait, bien qu'il fût à peu près conforme à ce que je m'attendais à voir.

— Et l'Amérique, comment la voyez-vous ?

— Comme un continent immense, et bien plus fascinant encore !

— Pour ce qui est de l'immensité, vous ne serez pas déçue ! s'exclama le comte en riant. Comme vous le savez, nous traverserons le pays dans toute sa largeur, avant de reprendre la mer.

Lydia joignit les mains en un geste d'émerveillement.

— J'ai peine à croire que je vais vraiment aller aussi loin, voir tout cela, et surtout Hawaï !

— Que savez-vous d'Hawaï, exactement ?

— Pas grand-chose, il est vrai. Mais assez pour l'imaginer comme un lieu enchanteur, auquel on ose à peine rêver !

— J'espère qu'il répondra à votre attente. On est si souvent déçu par la réalité !

— Ne dites pas cela, ne m'ôtez pas mes illusions.

Pour la deuxième fois depuis le début de leur entretien, le comte éclata de rire.

— Je m'en garderais bien ! D'ailleurs, je suis tout aussi impatient que vous de découvrir Honolulu.

Lydia sourit, puis se souvint brusquement qu'Héloïse l'attendait et devait s'irriter de son retard.

— Il faut que j'aille porter ceci à ma sœur, dit-elle en s'emparant du syphon. Merci de me le permettre.

Elle s'éloignait en direction de la porte quand elle s'entendit demander :

— Comment se fait-il que je ne vous aie jamais vue jusqu'ici ?

— Vous ne m'avez jamais vue, Milord, mais moi je vous ai vu très souvent.

— Vraiment ! Et où cela ?

— A la chasse, où j'ai eu maintes fois l'occasion d'admirer vos chevaux.

— Et le cavalier aussi, j'espère ?

Le ton badin de la question arracha un petit rire à Lydia.

— Ne me dites pas que vous espérez un compliment de ma part, Milord, feignit-elle de s'indigner. Vous en recevez déjà tellement !

Et, sans laisser au comte le temps de répondre, elle s'élança hors de la pièce. C'est seulement en arrivant au chevet de sa sœur qu'elle songea à se reprocher la hardiesse de ses paroles. Héloïse en aurait été outrée, sinon furieuse, et son père n'aurait pas manqué de la désapprouver.

Mais cela n'avait plus aucune importance. Elle venait de découvrir que l'attirance instinctive qu'elle avait éprouvée jusque-là pour le comte avait pris en sa présence une force nouvelle. Une force immense, irrésistible et qui l'emplissait d'une joie sans pareille. C'était une chose assez difficile à exprimer, et pourtant... elle se souvint tout à coup de ce qu'elle avait entendu dire, à propos du duc de Wellington : quand il entrait dans un salon, chacun semblait s'éveiller à la vie, comme si le temps s'était mis à couler plus vite.

C'était exactement, songeait Lydia, ce que chacun ressentait en présence du comte de Royston. Quant à elle, parce qu'il l'avait taquinée, ou tout simplement parce qu'il était là, elle avait senti son pouls s'accélérer et une délicieuse griserie s'emparer de tout son être. A peu près, se dit-elle en entrant chez sa sœur, à peu près comme un bon champagne qui me serait monté à la tête.

— Tu en as mis un temps ! se plaignit aigrement Héloïse.

— J'ai dû aller chercher ce syphon, c'est tout ce que j'ai pu trouver. Demain, tu pourras demander de l'eau minérale ou de la limonade, mais en attendant, c'est toujours mieux que l'eau du robinet. N'essaie pas d'en boire, surtout.

— Évidemment, quelle idée ! J'aurai bien assez de problèmes avec le mal de mer sans aller m'empoisonner par-dessus le marché !

— Tâche de dormir, maintenant, conseilla gentiment Lydia. Demain, tu te réveilleras avec le pied marin, tu verras.

Après avoir servi à boire à sa sœur, elle dut encore lui apporter les différentes choses qu'elle réclamait, avant de pouvoir enfin se retirer. Une fois dans sa cabine, elle s'aperçut que sa fatigue s'était envolée. Elle se déshabilla lentement, l'esprit tout occupé par la pensée du comte. Et quand elle se décida enfin à se coucher, ce fut pour s'apercevoir qu'elle n'avait plus la moindre envie de dormir. Résignée, elle ferma les yeux et attendit patiemment le sommeil.

Les trois jours suivants furent un véritable supplice. A peine sorti du port, le bateau s'était mis à rouler et tanguer, malmené par les eaux agitées de la mer d'Irlande. Mais une fois dans celles de l'Atlantique, ce fut bien pis : le temps s'aggrava encore, au-delà de tout ce qu'on avait pu redouter. Héloïse fit tant de simagrées à propos de son mal de mer que Lydia finit par perdre patience. Après quarante-huit heures de jérémiades et de gémissements, lasse de l'entendre répéter qu'elle aimerait mieux mourir qu'endurer plus longtemps ce martyre, elle envoya chercher le médecin du bord.

En tant que représentant du sexe fort, il eut droit au numéro de charme de la jeune fille et n'y résista pas mieux qu'un autre. Subjugué par sa beauté, il venait une demi-douzaine de fois par jour s'enquérir de sa santé et lui offrir ses soins empressés.

Finalement, il ne trouva rien de mieux à faire pour alléger ses maux que de lui donner un sédatif, qui la plongea dans un sommeil réparateur. Après deux jours et deux nuits de garde incessante, Lydia put enfin disposer de quelques heures de liberté. Et, malgré le mauvais temps, son premier réflexe fut de monter prendre l'air sur le pont. Elle aimait encore mieux affronter la houle que l'humeur exécrable de sa sœur.

Elle se couvrit chaudement, revêtit la cape de drap qu'elle portait à la campagne et noua un foulard autour de ses cheveux. Puis, d'un pas que le roulis rendait quelque peu vacillant, elle gagna prudemment le pont promenade. On y avait placé des barrières mobiles, afin d'isoler dans une sécurité relative les audacieux qui prenaient le frais dans des transats. Quelques messieurs un peu pâles arpentaient lentement la zone laissée libre, mais aucune femme n'était en vue. Lydia, qui s'attardait rarement sur elle-même, ne prenait pas garde à l'intérêt mêlé d'admiration qu'éveillait sa présence. Tournée vers le large, elle marchait tranquillement le long du bastingage, fascinée par le spectacle des flots déchaînés. Leur fracas évoquait pour elle les clameurs des *banshees*, ces fées des légendes irlandaises dont les cris annoncent la mort. Enfant, elle avait adoré les contes et croyait que les vagues ourlées d'écume étaient les chevaux des princes de la mer. Tout comme elle croyait aux sirènes, aux nymphes, aux ondines et à toutes les créatures des eaux courantes et des lacs. Elle était persuadée qu'à l'aube ou au crépuscule, on pouvait les apercevoir sur les rivages où ils montaient parfois se reposer. C'est à cela qu'elle songeait, quand une voix bien connue se fit entendre à ses côtés.

— Vous êtes téméraire, mademoiselle Westbury ! Je ne m'attendais pas à vous trouver ici par ce temps... mais peut-être avez-vous l'habitude de la mer ?

Lydia tourna vivement la tête et se trouva face à face avec le comte de Royston.

— N'est-ce pas merveilleux ? dit-elle en guise de réponse. On s'attend presque à voir Neptune surgir des flots, son trident à la main !

— J'ai bien peur de ne pouvoir vous offrir un spectacle aussi royal, répliqua le comte en riant, du moins pas avant notre arrivée à Honolulu. Mais je vous promets qu'à New York vous rencontrerez les hommes les plus riches de toute l'Amérique.

— Comme M. Vanderbilt, par exemple ?

— En effet, mais comment connaissez-vous son nom ?

Lydia ne put se défendre d'un léger sentiment de dépit. La croyait-il donc si ignorante ? Puis, elle se dit que s'il s'était adressé à Héloïse, elle n'aurait sans doute pas pu lui citer le nom d'un seul Américain, pas même celui du Président.

— Je serai ravie de rencontrer ce monsieur, se contenta-t-elle de répondre, si l'occasion m'en est donnée.

Puis, sans réfléchir, elle ajouta :

— Il y a une chose dont j'aimerais vous parler... si vous me le permettez.

— Naturellement, de quoi s'agit-il ?

— Voilà : je ne voudrais pas que vous vous sentiez obligé, parce que je suis la sœur d'Héloïse, de me présenter à vos relations.

— Et pourquoi pas, s'il vous plaît ?

— Eh bien, parce que... je n'ai pas l'habitude des mondanités. Je mène une vie très retirée, et si j'accompagne Héloïse, c'est simplement parce que vous n'avez pas voulu qu'elle emmène sa femme de chambre.

Le regard que le comte attachait sur Lydia se fit encore plus attentif.

— Si je comprends bien, vous vous tenez toujours dans les coulisses, mais pourquoi cela ?

Un peu tard, elle s'aperçut qu'elle aurait mieux fait de tenir sa langue ; mais puisqu'il jugeait bon de l'interroger, elle ne voyait aucune raison de ne pas lui répondre.

— Je vous l'ai dit, je ne suis pas faite pour briller dans le monde, comme Héloïse. Et puis, je représente une telle déception pour mon père !

— Une déception ! Que voulez-vous dire ?

Cette fois encore Lydia regretta de n'avoir pas su se taire. Mais au point où elle en était, autant dire la vérité.

— Voyez-vous, mon père désirait vivement avoir un fils. Quand Héloïse est née, il a relativement bien pris la chose, elle a toujours été si belle ! Mais moi, je ne lui ai malheureusement pas offert la même compensation.

A nouveau, le comte éclata de rire.

— Voilà une déclaration bien surprenante, mademoiselle Westbury ! Toutefois — bien que je comprenne assez bien ce désir d'avoir un fils —, je suis certain que votre père a trouvé en vous beaucoup d'autres... compensations !

Lydia secoua la tête.

— C'est ce qui vous trompe. Mais je n'ai pas perdu l'espoir de le voir rencontrer celle qui lui donnera enfin cet héritier tant attendu.

— Vous souhaitez vraiment le voir se remarier ?

— Et pourquoi pas ? Il est encore assez jeune pour cela, et il se sentira si seul quand Héloïse ne sera plus là !

— Vous semblez oublier que vous lui resterez.

Pour toute réponse, Lydia se détourna et contempla pensivement la mer. Mais son silence était si éloquent que le comte ne s'y méprit pas.

— J'ai le sentiment que vous sollicitez mon aide, observa-t-il. Et j'avoue qu'entendre une femme me parler mariage au nom d'un autre est une expérience assez curieuse: c'est bien la première fois que cela m'arrive!

Lydia esquissa un sourire.

— Je n'ai aucune peine à le croire et j'imagine quel soulagement cela peut être. Sous ce rapport, vous devez être littéralement persécuté.

— En effet, c'est le mot. Je commençais même à me demander si j'allais pouvoir supporter ces persécutions plus longtemps.

Lydia prit une longue inspiration.

— Quelle négligence de ma part, Milord! Je n'ai pas encore trouvé l'occasion de vous féliciter pour vos fiançailles.

— Merci. Votre sœur est vraiment très belle.

— C'est vrai, renchérit-elle aussitôt. C'est même la plus jolie fille qui soit.

Ce qu'elle ne dit pas, c'est que sa sœur ressemblait singulièrement à la duchesse de Dorchester, ni ce qu'elle en concluait: à savoir qu'il aimait particulièrement ce type de femme.

— C'est juste, l'entendit-elle répondre, comme s'il avait lu dans ses pensées, mais il y a une exception à toutes les règles.

— Comment avez-vous su à quoi je pensais?

— J'étais en train de me poser la même question, figurez-vous.

— Je préférerais que cela n'arrive plus, balbutia-t-elle en baissant les yeux.

— Et si je ne peux pas m'en empêcher?

— En ce cas, il vaut mieux ne plus vous occuper de moi. Comme je vous le disais, je suis quelqu'un de tout à fait insignifiant. D'ailleurs, il faut que je m'en aille: Héloïse pourrait avoir besoin de moi.

Elle allait se retirer quand, à sa grande surprise, elle entendit le comte ajouter:

— C'est toujours une erreur de fuir devant l'inattendu ou d'en avoir peur.

— Mais... je n'ai pas peur, répondit-elle d'une voix qui s'étrangla dans sa gorge.

— Et moi, je crois que vous mentez, répliqua le comte. Nous avons tous peur de ce que nous connaissons mal, et nous avons tort. Ce doit être passionnant de chercher à comprendre ce qui nous échappe, et cela peut réserver de grandes joies.

Faisait-il allusion à la façon pour le moins étrange dont il avait deviné ses pensées ? Il y avait mille questions qu'elle aurait voulu lui poser, et elle avait conscience de vivre un des moments les plus fascinants de toute son existence. Elle savait qu'elle aurait dû s'en aller, qu'Héloïse et son père blâmeraient sa conduite, l'accuseraient de s'être imposée au comte, mais elle ne pouvait se décider à le quitter. C'était peut-être la dernière occasion qu'elle avait de lui parler avant New York, avant qu'Héloïse ne soit rétablie. Et cette perspective lui était presque insupportable.

— Vous dites que vous m'avez vu à la chasse ? demanda-t-il tout à coup. Vous aimez chasser ?

— Beaucoup, c'est sans doute ce qui m'a donné les plus grandes joies de ma vie.

— Ne devriez-vous pas ajouter: jusqu'ici ?

— Excepté le voyage, croyez-vous qu'il me reste quelque chose de plus passionnant à découvrir ?

— Mais naturellement ! Vous êtes si jeune, on peut même dire que vous avez à peine commencé à vivre.

A part elle, Lydia dut convenir qu'il avait tout à fait raison. Il lui suffisait d'évoquer sa vie monotone, ses travaux fastidieux, pour comprendre ce dont il parlait et ce qui lui avait manqué à elle.

— Même s'il ne devait plus rien m'arriver d'autre, s'écria-t-elle impulsivement, j'aurais au moins cela à me rappeler !

Et, bien que son regard fût tourné vers la mer, ce n'était pas seulement au voyage ni au lieu où elle se trouvait qu'elle songeait, mais à la présence du comte à ses côtés.

— Alors profitez-en autant que vous le pouvez, et ne laissez pas d'absurdes scrupules vous empêcher de réaliser vos rêves.

Il avait parlé avec une assurance tranquille et elle leva les yeux vers lui, aussi émue par ses paroles que par le ton ferme et convaincant de sa voix. Pendant un moment, ils ne firent que se regarder, silencieux et comme étonnés de se sentir si proches l'un de l'autre. Puis une gerbe d'écume les fit brusquement sursauter et Lydia revint à la réalité. Sans ajouter un mot, elle s'éloigna précipitamment vers l'escalier des cabines.

L'indisposition d'Héloïse s'éternisa, et c'est seulement à deux jours de New York qu'elle se sentit assez bien pour se lever. Lydia, promue garde-malade, fut contrainte de prendre tous ses repas auprès d'elle et ne remit plus les pieds dans la salle à manger. A sa vive déception, elle ne rencontra plus aucune occasion de parler au comte, malgré tous ses efforts pour y parvenir.

Elle s'arrangeait toujours pour monter sur le pont le matin de bonne heure, avant qu'Héloïse ne s'éveille, ou l'après-midi quand elle faisait la sieste, mais il ne s'y trouvait jamais. Et elle en venait à se demander si elle ne l'avait pas froissé, sinon choqué, par sa façon un peu trop libre de s'exprimer. Pourtant, malgré ses doutes, elle savait que chacun des mots qu'ils avaient échangés resterait à jamais gravé dans sa mémoire et cette pensée la consolait.

Elle avait appris de son père qu'il était souvent invité par le capitaine à le rejoindre sur la passerelle et, le sachant excellent marin, elle devinait sans peine le plaisir qu'il prenait à naviguer sur un long-courrier. Elle savait aussi qu'il s'exerçait chaque matin au gymnase du bord et qu'il gagnait régulièrement au tennis, depuis que le temps permettait de nouveau les sports de plein air. Et comme il excellait en tout ce qu'il entreprenait, elle n'était pas autrement surprise d'apprendre que, là aussi, il ne remportait que des victoires.

— Nous aurons un tournoi de bridge ce soir, annonça un jour sir Robert à ses filles. Cela ne vous amusera certainement pas beaucoup, mais il y a un orchestre. Ceux des passagers qui se sentent assez bien pour cela en ont déjà profité pour danser.

A ces mots, Héloïse se redressa promptement sur son lit.

— Voulez-vous dire, papa, que Hunter en fait partie ?

— Bien sûr que non, mais il ne demanderait pas mieux, si seulement tu daignais te lever et t'habiller.

— Mais je déteste la mer, tu le sais bien !

— Il faudra t'y habituer, voilà tout. Ton futur époux est enchanté de son nouveau yacht, et il y a de grandes chances pour qu'il fasse une croisière en Méditerranée, cet été.

Là-dessus, sir Robert se hâta de s'éclipser et c'est encore sur Lydia que retomba la mauvaise humeur de sa sœur.

— Pourquoi ne m'avais-tu pas dit que l'on dansait ? lui reprocha-t-elle avec aigreur.

— Comment l'aurais-je su ? Je ne t'ai pas quittée une minute !

— Ce soir, en tout cas, je descendrai dîner.

— Tu aurais pu le faire hier, si tu avais voulu. Le docteur m'a dit que même les gens qui souffraient le plus du mal de mer se sentaient mieux après deux ou trois jours.

— Pourquoi n'as-tu pas insisté, alors ? Tu aurais dû me forcer à me lever !

Les deux derniers soirs, Héloïse dîna donc avec les autres passagers, mais Lydia préféra rester dans sa cabine. Elle mourait d'envie de revoir le comte mais ses sentiments pour lui avaient atteint une telle intensité depuis leur rencontre qu'elle n'aurait pas pu supporter de le regarder faire sa cour à Héloïse. Elle savait trop quelle emprise exerçait sur les hommes l'étourdissante beauté de sa sœur. Et voir le comte de Royston la contempler avec adoration eût été au-dessus de ses forces. Elle avait beau se dire qu'elle était stupide, insensée, ridicule, c'était ainsi, elle n'y pouvait rien.

Les courriers dont le comte avait retenu les services les attendaient à New York, ainsi que le secrétaire de M. Vanderbilt. Lydia ignorait encore qu'ils devaient résider chez lui, elle ne le comprit qu'en apercevant les deux voitures qu'il avait envoyées au-devant d'eux. Son père aurait pu le lui dire, mais elle ne l'avait pratiquement pas vu, sauf aux rares moments où il venait prendre des nouvelles d'Héloïse. Elle avait lu tant d'anecdotes sur les Vanderbilt qu'elle trouvait assez fascinant de les voir en chair et en os. Et, tandis que la calèche les emportait à travers la ville, elle essayait fébrilement de se rappeler le peu qu'elle savait de cette célèbre famille.

Si elle ne se trompait pas, c'était le père de leur hôte, le célèbre Commodore, encore appelé le Roi du Rail, qui avait édifié leur immense fortune. Il avait eu l'idée géniale de relier l'Atlantique au

Pacifique par voie de chemin de fer, et il y était parvenu. Et c'était chez son fils, William Henry, héritier de ses richesses colossales, qu'ils allaient résider pendant leur séjour !

— Ce M. Vanderbilt fait vraiment bien les choses, observa sir Robert, qui appréciait autant la suspension parfaite de la voiture que les quatre magnifiques chevaux de trait.

— Attendez d'avoir vu sa maison, répondit le comte.

— Elle est donc si étonnante ?

— C'est le moins qu'on puisse dire ! A la mort de son père, quand William Henry s'est retrouvé tout à coup l'homme le plus riche du monde, il a décidé de se faire construire un palais digne d'un roi.

Sir Robert eut un petit rire narquois.

— Naturellement, poursuivit le comte, ses architectes proposèrent pour cela le matériau le plus précieux qui soit : le marbre. Mais Vanderbilt refusa, alléguant que cette pierre luisante et froide avait quelque chose de maléfique.

Sir Robert haussa un sourcil railleur, mais Lydia écoutait avidement.

— Superstition qu'on ne saurait lui reprocher, enchaîna le comte. Deux autres millionnaires, dont un membre de la famille Astor, avaient déjà fait bâtir de somptueuses demeures de marbre. Et ils sont morts très peu de temps après qu'elles furent achevées.

— Cela devient passionnant, commenta sir Robert. Et qu'a donc choisi M. Vanderbilt ?

— Il a commandé trois maisons de grès : une pour lui et une pour chacune de ses deux filles.

La curiosité de Lydia était à son comble, et elle s'efforçait de se représenter ces temples de la fortune. Quelque chose comme la résidence du comte à Park Lane, une des plus imposantes de Londres ?

Mais la réalité se révéla bien différente de tout ce qu'elle avait pu imaginer. La première impression des voyageurs fut celle d'un entassement de richesses si ostentatoire qu'il tenait du cauchemar. Le portail avait les dimensions d'un arc de triomphe et les plafonds voûtés étaient aussi dorés et décorés que des sarcophages égyptiens. Les parquets disparaissaient sous les tapis de haute laine, les murs sous les tableaux richement encadrés et les salons regorgeaient littéralement d'objets d'art de toute sorte.

L'œil allait de l'un à l'autre de ces trésors, véritables pièces de collection, sans pouvoir se fixer sur aucun, tant ils étaient nombreux. Mais c'est en la personne de la maîtresse de maison que ce luxe écrasant atteignait son point culminant. En présence de la richissime, opulente, éblouissante Mme Vanderbilt, on se sentait tout simplement anéanti.

Cet aspect de la personnalité de leur hôtesse fut sans doute ce qui décida le comte à ne pas s'attarder à New York. Avec tout le doigté qu'exigeaient les circonstances, il annonça à Mme Vanderbilt qu'ils partiraient pour San Francisco le lendemain. Dire qu'elle fut déçue est encore au-dessous de la vérité : l'ambition sociale était sa passion et, pour tout dire, sa seule distraction. Elle avait formé le projet de présenter le comte à une assemblée choisie de nouveaux riches et n'entendait pas se laisser priver de cet avantage. Ses plans étaient déjà dressés : un dîner le soir même, un bal travesti le lendemain. Héloïse fut aussi désappointée qu'elle, mais le comte fut intraitable.

— La seule chose qui ne puisse souffrir de délai, déclara-t-il, c'est le couronnement.

Mme Vanderbilt elle-même fut bien forcée d'en convenir. Elle avait reçu le roi Kalakaua lors de son voyage autour du monde et caressait l'idée d'accompagner le comte à Honolulu.

Il dut déployer des trésors de tact pour l'en dissuader, en lui représentant l'embarras où elle se trouverait si l'on venait à lui faire observer qu'elle n'avait pas reçu d'invitation. Et Lydia perçut nettement le soulagement qu'il éprouvait quand ils prirent enfin congé de leurs hôtes.

— J'ai l'impression d'avoir une indigestion de foie gras ! s'exclama sir Robert, dans la voiture qui les emmenait à la gare de Grand Central. Ces gens sont étouffants !

— C'est assez vrai, admit le comte en souriant, mais cela n'ôte rien à leur gentillesse. C'est vraiment très généreux de nous avoir prêté *la Duchesse*, le wagon privé du Commodore.

— Je suis certain qu'il mérite son nom, répliqua sir Robert.

En quoi il ne se trompait pas. Le wagon des Vanderbilt était encore plus spacieux et plus luxueux que celui du comte. Les quatre chambres et le salon étaient aménagés avec un souci de confort et de faste qui tenait du prodige. Tentures damassées, fauteuils profonds, coussins de soie, si moelleux qu'on croyait flotter sur des nuages. Éblouie, Lydia explora chaque recoin de cet appartement roulant, y compris la cuisine et les logements des domestiques.

— C'est fascinant, conclut-elle, émerveillée comme une enfant visitant une maison de poupée.

— J'espère que la suspension est bonne, au moins ! grogna Héloïse. Je n'ai pas envie d'être aussi malade qu'en mer.

— Installe-toi au milieu, tu ne sentiras pas le balancement des roues. D'ailleurs, le paysage te distraira. Rends-toi compte, nous allons bientôt traverser les montagnes Rocheuses !

Héloïse ne daigna pas répondre et afficha une lippe boudeuse, jusqu'à ce que le comte vienne prendre place à côté d'elle. Dès lors, elle devint tout sourires et se mit à flirter avec lui, si ouvertement que Lydia préféra s'éclipser. Elle alla s'asseoir à l'écart, près d'une fenêtre, déterminée à ne rien manquer du magnifique décor qui défilait sous ses yeux. Mais pas un instant elle ne parvint à oublier la présence du comte et, tout en admirant le panorama grandiose, c'est à lui seul qu'elle pensait.

Elle y pensait encore le soir, dans son lit, et revivait intensément chaque instant, chaque parole de leur tête-à-tête sur le pont. Peut-être, qui sait, aurait-elle une nouvelle fois la chance de s'entretenir seul à seul avec lui ? C'était peu probable et elle ne se faisait guère d'illusions. Héloïse n'était jamais très loin et, en sa présence, Lydia était tenue de garder le silence, ce qu'elle avait toujours fait.

Elle s'éveilla très tôt le lendemain, et son premier geste fut de jeter un coup d'œil au-dehors. Elle écarta le rideau de la petite fenêtre qui surplombait son lit et poussa une exclamation de surprise : il avait neigé ! A New York, déjà, le froid s'était fait sentir, mais ici c'était vraiment l'hiver. Les pentes étaient ensevelies sous une épaisse couche de neige qui rendait plus sauvage encore le décor environnant. Émerveillée, Lydia se hâta de se lever et se rendit au salon, afin de mieux jouir du spectacle. A cette heure matinale les domestiques n'étaient pas encore debout et elle était seule dans la vaste pièce silencieuse. Elle s'approcha d'une fenêtre, releva le store et se perdit dans la contemplation du paysage. Cela aussi, songea-t-elle avec ravissement, cela aussi méritait de compter parmi ses plus beaux souvenirs.

Une demi-heure s'était écoulée quand l'arrivée d'un serviteur la tira de sa rêverie. Il lui souhaita le bonjour d'une voix sonore, releva un à un tous les stores et vaqua quelque temps aux soins du ménage. Après quoi, sans qu'elle eût besoin de le lui demander, il alla chercher du café qu'il déposa sur une table, tout près d'elle. Puis il lui avança un siège, attendit qu'elle y eût pris place pour la servir et se retira. Lydia porta sa tasse à ses lèvres et sentit monter en elle une délicieuse excitation. Était-ce la beauté de ce matin d'hiver, l'arôme délicat du café, le charme de l'imprévu ? C'est à cela qu'elle songeait, lorsque le comte entra dans le salon et se dirigea vers sa table. A la seconde précise où elle lui fit signe de s'asseoir, elle sut que, depuis son réveil, elle n'avait fait qu'attendre sa venue.

— J'étais presque certain de vous trouver ici, dit-il en s'installant en face d'elle. Vous ne vouliez rien manquer du paysage, n'est-ce pas ?

— C'est tellement beau ! C'est exactement comme cela que j'imaginais l'Amérique.

— C'est-à-dire ?

— Eh bien... immense, attirante, et avide de connaître le progrès qui gâtera tout cela !

— Vous avez tout à fait raison, répondit-il en riant. Un pays neuf, ouvert aux idées nouvelles... Chaque fois que j'y viens, j'y trouve un nouveau sujet d'enthousiasme.

— C'est vrai ? Je suis si heureuse de vous entendre dire cela !

— Et pourquoi donc, s'il vous plaît ?

— Parce qu'en vous voyant, à la chasse, j'ai souvent eu l'impression que là-bas, chez nous, tout était trop petit pour vous. Pas seulement la campagne ou le paysage, mais vos activités, le monde où vous évoluez...

Lydia s'interrompit et parut hésiter avant d'oser poursuivre.

— Je vais peut-être vous paraître un peu brutale, mais je n'étais pas certaine que vous cherchiez vraiment quelque chose de... de plus grand !

Cette fois, le comte partit d'un franc éclat de rire.

— Je suppose que je devrais me sentir offensé, mais je peux me justifier. Sachez que j'ai fait de gros investissements de ce côté-ci de l'Amérique, dans des entreprises résolument modernes. Exemple que les Anglais, je l'espère, ne tarderont pas à suivre.

— Vous n'en avez pourtant jamais parlé, dans vos discours à la Chambre des lords !

— Comment... vous lisez mes discours !

Un peu tard, Lydia s'aperçut qu'elle en avait trop dit et le rouge lui monta aux joues.

— Les réformes m'ont toujours intéressée, dit-elle d'un ton évasif.

— Alors vous êtes bien différente des autres femmes, railla amèrement le comte. A ma connaissance, les seules réformes qui les concernent résident dans la ligne d'une coiffure ou la forme d'un chapeau !

— Vous êtes injuste, répliqua posément Lydia. Peut-être jugent-elles plus convenable d'écouter vos idées que d'essayer d'imposer les leurs, voilà tout.

Les yeux du comte pétillèrent.

— J'avoue qu'il est assez curieux d'entendre une femme prendre la défense de son sexe, mais vous n'êtes pas une femme ordinaire, mademoiselle Westbury !

— Ne vous moquez pas de moi, je vous en prie. Vous savez très bien que je suis tout à fait insignifiante... en comparaison d'Héloïse, surtout.

Ces derniers mots lui avaient échappé et elle les regretta aussitôt. Qu'avait-elle besoin de faire remarquer une chose aussi évidente !

Une fois de plus, le comte parut deviner ses pensées.

— Depuis que je vous connais, c'est la première sottise que je vous entends dire, observa-t-il.

— C'est pourtant la vérité !

— Permettez-moi d'être d'un autre avis.

Comme il achevait ces mots, sir Robert entra dans le salon et vint s'asseoir à leur table.

— J'ai passé une excellente nuit, annonça-t-il avec satisfaction. S'il y a une chose que les Américains peuvent se vanter de savoir faire, c'est bien un lit !

Son arrivée rappela Lydia à ses devoirs. Elle avait pris un plaisir des plus rares à sa petite joute verbale avec le comte, mais il était temps pour elle de se retirer. Héloïse allait s'éveiller, réclamer son déjeuner, récriminer, se plaindre... Après quoi, toute la matinée serait consacrée à sa coiffure, sa toilette, ses projets, sa personne...

Réprimant un soupir, Lydia repoussa sa chaise, prit congé d'un signe de tête et se dirigea vers la chambre de sa sœur.

4

Le temps devint de plus en plus rigoureux et, pour la plus grande joie de Lydia, ralentit considérablement leur avance vers l'est. Les haltes prévues se prolongeaient parfois plusieurs heures, offrant aux voyageurs l'occasion de prendre un peu d'exercice. Le comte et sir Robert profitaient de chacun de ces arrêts forcés pour s'éloigner dans la campagne et, en temps voulu, le machiniste les rappelait par un coup de sifflet. Lydia les accompagnait chaque fois qu'elle le pouvait, c'est-à-dire chaque fois qu'Héloïse le lui permettait.

Le froid lui avait valu un cadeau de son père qu'elle appréciait particulièrement en ces circonstances : un manteau de chèvre blanche. Présent des plus modestes, comparé à la cape de zibeline que sa sœur avait reçue pour Noël, mais c'était la seule fourrure qu'elle eût jamais possédée et elle s'en montrait ravie.

Elle adorait ces promenades où, chaudement vêtue et chaussée de bottillons fourrés, elle trottinait derrière le comte en s'efforçant d'accorder son pas au sien. Petite silhouette encapuchonnée de blanc, elle semblait faire partie du paysage et ne cherchait jamais à se mêler à la conversation des deux hommes. Elle se contentait de suivre, d'écouter, heureuse d'être là, si loin de tout ce qui lui était familier... et si près de celui qu'elle aimait. Car elle ne cherchait plus à lutter contre l'évidence : elle aimait le comte chaque jour davantage, sans espoir et sans illusion. Il appartenait à sa sœur, mais il était le maître de son cœur et le resterait toute sa vie.

Au plus profond d'elle-même, elle ne pouvait s'empêcher de blâmer Héloïse, qui laissait passer tant d'occasions de se trouver avec lui.

— Viens avec nous, ne cessait-elle de lui répéter, le grand air te fera du bien. Et les montagnes sont si belles, on se croirait presque sur une autre planète !

— Non merci, répondait sèchement Héloïse, celle-ci me suffit. Et si tu te figures que je vais aller patauger dans la neige et laisser le vent me crevasser la peau, tu te trompes !

Elle passait le plus clair de son temps sur son lit ou dans un fauteuil du salon, où ils la retrouvaient au retour de chacune de leurs sorties, plus jolie que jamais dans ses robes éblouissantes. Sa présence produisait toujours le même effet sur le comte. Lui qui, pendant toute la promenade, s'était entretenu avec sir Robert des sujets les plus variés devenait brusquement muet. Et Lydia s'expliquait parfaitement son silence : devant l'ensorcelante beauté de sa sœur, il était tout simplement pétrifié d'admiration.

Elle courait alors s'enfermer dans sa chambre, luttant de toutes ses forces contre la jalousie qui s'infiltrait en elle. Ne savait-elle pas depuis toujours qu'il lui était impossible de rivaliser avec Héloïse ? N'aurait-elle pas dû se réjouir de ce qu'elle avait, au lieu de gémir sur ce qu'elle ne pouvait avoir ? Elle avait la chance extraordinaire de faire un merveilleux voyage avec le comte, elle le voyait chaque jour, et elle avait l'audace insensée d'espérer davantage !

Mais tous ses efforts étaient vains, et les reproches qu'elle s'adressait ne lui étaient d'aucun secours. Dans le conflit qui se jouait en elle entre le cœur et la raison, la raison ne parvenait plus à se faire entendre.

Pour combattre le sentiment de culpabilité qui la rongeait, elle consacrait plus de temps que jamais à la toilette de sa sœur. Chaque matin, elle inventait pour elle une coiffure nouvelle, s'efforçant par tous les moyens de la rendre aussi jolie que possible. Non qu'elle en attendît le moindre remerciement, loin de là. Héloïse, qui se morfondait d'ennui, se montrait encore plus désagréable avec elle que de coutume.

— J'en ai par-dessus la tête, de ce train ! gémissait-elle, dès qu'elles se retrouvaient seules. Je meurs d'envie d'aller au bal. C'est stupide d'avoir manqué celui de Mme Vanderbilt ! Je suis sûre que nous nous ennuierons encore plus dans ce trou perdu d'Honolulu que dans ce satané train, tu verras ce que je te dis !

— Attends de l'avoir vu, avant de te plaindre, répliquait Lydia sans se fâcher. Ce sera si bon de revoir le soleil et d'avoir enfin chaud, vraiment chaud !

— J'espère que tu n'as pas oublié mes ombrelles, au moins : j'ai la peau si fragile !

— Je n'ai rien oublié, rassure-toi. J'ai pris toutes celles qui sont assorties à tes robes, et autant de chapeaux de soleil.

Lydia ne perdait jamais patience et faisait de son mieux pour distraire sa sœur. Et, quand ils atteignirent les montagnes Rocheuses, elle essaya naïvement de lui faire partager son enthousiasme. Elle ne savait ce qui l'émerveillait le plus, de la saisissante beauté de ces monts gigantesques ou du tour de force que représentait leur traversée. Percer dans ce rempart de rocs et de glaces une voie vers la Californie avait dû exiger tant d'efforts et d'ingéniosité que l'esprit en restait confondu.

Et pour accomplir ce travail de titans, des hommes étaient venus de tous les coins du monde se joindre aux descendants des chercheurs d'or. Par cales pleines, ils étaient arrivés d'Europe, d'Australie, d'Afrique du Sud et même de Chine, pour participer à la construction du chemin de fer. A chaque arrêt on pouvait voir cette foule mêlée déambuler dans les petites villes qui jalonnaient la voie. Et Lydia l'observait, fascinée, avec le sentiment de voir naître un monde nouveau. Héloïse, au contraire, ne manifestait pas plus d'intérêt pour ce spectacle que pour le majestueux décor environnant.

— Qu'ai-je à faire de toute cette populace ? geignait-elle en se détournant de la fenêtre avec une moue de dégoût. Je ne vois vraiment pas ce que tu peux y trouver de si passionnant !

Il était clair que, pour elle, s'éloigner de Londres et de sa société élégante et futile, c'était tourner le dos à la « civilisation ». Et, apparemment, la présence du comte à ses côtés ne changeait rien à ses sentiments.

Ils parvenaient au pied des monts les plus hauts de la chaîne quand, une fois de plus, le train fit halte dans une petite gare. Ils disposaient d'une heure pour visiter le hameau et Lydia eut la liberté d'accompagner son père et le comte. Au bout de cinq minutes de marche, à peine, sir Robert annonça tout à coup qu'il n'irait pas plus loin : il avait une ampoule au talon.

— Continuez sans moi, déclara-t-il, je rentrerai seul. Ce sont ces maudites bottes qui sont trop étroites, rien de grave.

Quand il se fut éloigné, Lydia jeta en direction du comte un regard hésitant.

— Cela ne vous ennuie pas que je reste avec vous ? demanda-t-elle d'une voix timide.

— Bien au contraire, j'en suis ravi. J'aimerais beaucoup connaître vos impressions sur vos dernières découvertes.

— J'ai peur de ne pas trouver de mots pour cela, c'est tellement beau !

— Je vous ai vue observer la foule avec un intérêt tout particulier, comme si vous cherchiez quelque chose... je me trompe ?

Il décrivait si exactement ce qu'elle pensait de lui qu'elle ne put s'empêcher de sourire.

— Pas vraiment. Je songeais à la ruée vers l'or et à ce que tous ces gens étaient venus chercher ici.

— De l'or, évidemment !

— Non... l'espoir ! C'est l'espoir et non le seul appât du gain qui a jeté ces hommes et ces femmes sur les chemins de l'aventure, les a soutenus à travers tant de privations et quelquefois jusqu'à la mort.

— Je n'avais jamais envisagé la question sous cet angle... mais c'est un point de vue.

— N'est-ce pas la même ardeur qui animait les Argonautes à la recherche de la Toison d'or, les chevaliers en quête du Saint-Graal et qui a mené le capitaine Cook au-delà des mers... jusqu'à Hawaï ?

— Et vous, demanda brusquement le comte, qu'espérez-vous découvrir ?

Lydia réfléchit quelques instants avant de répondre.

— J'ai longtemps rêvé de choses impossibles, bien trop belles pour que je puisse les avoir jamais, et pourtant... grâce à vous, en ce moment même, l'un de ces rêves est en train de se réaliser.

— Et vous pensez que cela vous suffira, pour le reste de votre vie ?

Lydia eut un petit rire insouciant.

— Il le faudra bien, j'en ai peur. Malgré tout, je ne cesserai jamais de prier pour que la chance me soit donnée de faire d'autres découvertes, de connaître d'autres parties du monde et quelques-unes des merveilles qu'il contient.

Elle se tut et, pendant de longues minutes, on n'entendit plus que le crissement de leurs pas sur la neige. Puis, le sifflet de la locomotive lança son rappel à l'ordre et le comte fit brusquement volte-face.

— Rentrons, dit-il d'une voix brève.

Lydia laissa errer son regard sur les pentes immaculées qui s'étendaient devant eux.

— C'est terrible de devoir s'en retourner après être allé si loin, soupira-t-elle. Je me demande combien d'explorateurs ont ressenti cela ?

Elle avait parlé tout bas, comme pour elle seule, et c'est sur le même ton qu'elle entendit le comte répondre :

— Il ne faut jamais désespérer du lendemain.

— C'est ce que nous pensons tous, répliqua-t-elle d'une voix songeuse. Mais quand nous nous croyons près du but, il semble reculer devant nous, vers un lointain inaccessible.

Le comte parut méditer ces paroles et déclara après un court silence :

— Et si, au moment précis où vous allez l'atteindre, vous voyez se dresser devant vous un obstacle insurmontable, que reste-t-il à faire ?

— Espérer, dit Lydia sans hésitation. Un miracle est toujours possible. Et s'il n'a pas lieu... alors il faut vouloir avec assez de force, lutter et triompher de l'obstacle.

En disant cela, c'est au comte seul qu'elle pensait, à sa carrière, aux succès qu'elle souhaitait pour lui et qu'il ne pouvait manquer de rencontrer, lui qu'elle n'imaginait pas autrement que vainqueur. Puis, devant la gravité de son regard, elle devina que ses réflexions suivaient un autre cours et se demanda ce qui le préoccupait.

— Ce que vous dites est plein de bon sens, observa-t-il, mais l'on peut aussi se trouver devant un problème sans solution.

— Pas vous, j'en suis certaine ! Mais quel que soit notre but, si, par incapacité ou par faiblesse, il nous arrive d'échouer, nous devons croire en Celui qui répond toujours à notre appel, quand nous avons besoin de Lui.

Lydia s'étonnait elle-même d'oser tenir au comte de Royston un discours aussi solennel mais il ne parut pas s'en formaliser.

— J'espère que vous avez raison, Lydia, répondit-il simplement.

C'était la première fois qu'il l'appelait par son prénom et elle tressaillit de surprise. Elle ne s'était jamais doutée qu'il pouvait paraître aussi doux, avant de l'entendre prononcer par lui. Elle se souvint que, la veille encore, au cours de leur promenade quotidienne, il s'était adressé à elle en disant

« mademoiselle Westbury », comme il le faisait tous les jours.

— Bonté divine, Royston ! s'était écrié sir Robert, ne soyez donc pas si guindé, elle sera bientôt votre belle-sœur, après tout ! Votre « mademoiselle Westbury » me rappelle toujours ma pauvre sœur, qui était si laide et si ennuyeuse qu'elle n'a jamais su décrocher un mari !

Le comte avait ri mais n'en avait pas pour autant obéi à l'invitation de sir Robert... jusqu'à cet instant. En le faisant, il avait rendu Lydia si heureuse qu'elle avait souri tout au long du chemin du retour. Elle souriait encore en pénétrant dans le salon où, comme à l'accoutumée, son premier soin fut d'aller s'informer si sa sœur ne manquait de rien. La joie qui rayonnait sur son visage éveilla instantanément la méfiance d'Héloïse.

— Qu'est-ce que tu as à prendre cet air béat ? s'enquit-elle d'une voix revêche. Et d'abord, pourquoi n'es-tu pas rentrée avec papa ? Je t'interdis de rester seule avec Hunter !

Le sourire s'effaça des lèvres de Lydia.

— Je suis désolée, Héloïse, je n'avais pas pensé à cela. Je voulais seulement prendre un peu d'exercice.

— Eh bien, tâche d'y penser, à l'avenir. Je ne veux plus te voir tourner autour de lui. D'ailleurs, je ne suis pas fâchée qu'il reste seul de temps en temps, cela lui donne l'occasion de penser à moi. Et je suis sûre que tu l'ennuies, avec tes stupides bavardages.

Sans un mot, Lydia regagna sa chambre. Tout en se débarrassant de sa fourrure et de ses bottillons, elle se demandait humblement si sa sœur n'avait pas raison. Pourtant, le comte avait paru prendre plaisir à leurs entretiens, elle en aurait juré. Avec sir Robert il parlait généralement de choses assez banales mais, dès qu'ils se retrouvaient seuls, elle et lui, il abordait des sujets beaucoup plus sérieux et plus vastes qui semblaient le passionner autant qu'elle. Ce qu'il n'eût certainement pas fait avec Héloïse : elle n'y aurait absolument rien compris.

Lydia ne cessait de s'étonner des qualités qu'elle découvrait en lui. Et elle comptait les jours qu'il lui restait à passer en sa compagnie, bien décidée à profiter de la première occasion pour lui parler, qu'Héloïse le veuille ou non. Mais, malgré les retards, chaque tour de roue les rapprochait inexorablement du but de leur voyage. Bientôt, ils laissèrent derrière eux les montagnes Rocheuses et pénétrèrent en Californie. Désormais, San Francisco était tout proche.

Lydia était très curieuse de visiter la ville, dont l'histoire l'intéressait au plus haut point. Elle avait lu tout ce qu'elle avait pu se procurer sur ce sujet, ce qui n'avait pas été chose facile. En effet, le salon de *la Duchesse* ne contenait pas le moindre livre et c'est sur le quai d'une gare qu'elle avait trouvé les premiers éléments de sa bibliothèque personnelle.

— Des livres, enfin ! s'était-elle écriée en apercevant l'étal d'un vendeur ambulant. Laissez-moi descendre en acheter, papa !

Sur quoi, le comte s'était exclamé à son tour :

— Je sais maintenant ce qui manque à *la Duchesse* ! J'avais le sentiment que le Commodore avait oublié quelque chose d'essentiel, mais je n'arrivais pas à trouver quoi. Si seulement je m'en étais aperçu à New York, j'aurais fait le nécessaire !

— Mais je ne me plains de rien, je vous assure, s'était empressée d'affirmer Lydia.

— Je le sais, mais je n'en suis pas moins fâché de mon oubli et je vous promets d'y remédier à la première occasion.

Pour commencer, il avait dévalisé le modeste étalage et acheté tout ce qu'il pouvait dans chacune des gares où ils s'arrêtaient. C'est ainsi que Lydia s'était trouvée à la tête d'une collection des plus variées, composée de tout ce que les kiosques échelonnés le long de la ligne avaient à offrir en matière de lecture. Y compris des romans bon marché et des livrets de propagande religieuse abandonnés dans les autres wagons par des voyageurs négligents.

Elle parcourait tout, s'intéressait à tout, avec une nette préférence toutefois pour les ouvrages historiques. Ceux qu'elle trouvait étaient certes sans prétention, mais ils avaient le mérite de la renseigner sur l'Amérique et en particulier sur San Francisco. La croissance mouvementée de la ville, sa transformation fulgurante de petit village espagnol en véritable Babel moderne incarnait à ses yeux l'histoire de l'Amérique elle-même. Fondée par des missionnaires espagnols, Yerba Buena — le lieu où l'herbe est bonne — s'était développée en tant que comptoir de fourrures, puis américanisée, avant de connaître la fameuse ruée vers l'or qui avait scellé son destin. Lydia avait tant rêvé de cette ville fabuleuse qu'elle éprouva une vive déception en entendant le comte annoncer :

— Le bâtiment militaire qui doit nous conduire à Hawaï attend impatiemment notre arrivée. Nous n'aurons que le temps de nous rendre à l'embarcadère.

Elle s'efforça pourtant de faire bonne figure, mais sa sœur accueillit aigrement la nouvelle.

— Si la mer est mauvaise, je sens que je ne pourrai pas le supporter ! se lamenta-t-elle.

— N'ayez aucune crainte à ce sujet, répondit poliment le comte. Plus nous progresserons dans le Pacifique, plus il fera beau. Peut-être même aurez-vous à vous plaindre de la chaleur.

Réflexion qui avait instantanément ramené Héloïse à son sujet préféré : ses toilettes.

— J'espère que tu as bien choisi mes robes, dit-elle à sa sœur, une fois seule avec elle. Je tiens absolument à être la plus élégante de toutes les femmes présentes au couronnement.

— Après la Reine, répondit tranquillement Lydia. Tu ne peux tout de même pas prétendre éclipser Sa Majesté.

— Ah non ? Et pourquoi pas, s'il te plaît ?

— Parce que ce serait indélicat et déplacé. D'ailleurs, elle sera éblouissante, à ce qu'on dit. Le Roi a commandé les deux couronnes à un joaillier anglais.

— Couronne ou pas couronne, c'est moi que l'on regardera, je t'en réponds, et tâche de faire tout ce qu'il faut pour ça. Dès que nous serons à Honolulu, repasse mes robes et assure-toi que mes chapeaux n'ont pas été froissés pendant le voyage.

— Ne t'inquiète pas, tu seras la plus belle, affirma Lydia avec conviction.

Elle ne mentait pas : Héloïse était plus jolie que jamais dans sa toilette d'été. Elle avait choisi une robe en mousseline de soie du même bleu que ses yeux et une veste en velours assorti qui faisait valoir sa taille fine. Un ravissant chapeau fleuri de pervenches protégeait son teint délicat du soleil de Californie. En la regardant poser le bout de son petit pied sur le quai, Lydia s'avoua qu'elle était tout simplement irrésistible.

Quelques officiers du bord étaient venus les accueillir : ils saluèrent le comte avec tout le respect dû au représentant officiel de Sa Majesté. Il était clair qu'à partir de cet instant, tout citoyen britannique était tenu de le traiter avec les mêmes égards.

Ils se rendirent à l'embarcadère en voiture découverte, ce qui leur permit d'apprécier pleinement les curiosités de la ville. Les rues accidentées étaient quelquefois si raides que les chevaux, après avoir peiné dans les montées, avaient bien du mal à ne pas glisser dans les descentes. Pourtant, le trajet parut encore trop court aux voyageurs, tant le spectacle était pittoresque. Le port, cependant, ne l'était pas moins. Mêlés aux grands navires arrivés du Cap Horn, des Indes, d'Australie, on pouvait voir des centaines de barques de pêche et les gracieuses goélettes qui faisaient le commerce des îles. Et, parmi cette forêt de mâts, se détachaient les voiles blanches du *Victorieux*, vaisseau de ligne de Sa Majesté britannique.

C'était un des plus vieux bateaux de la Marine royale, venu achever sa carrière dans le Pacifique. Tel qu'il était, il avait encore fière allure, briqué et astiqué, avec son équipage en tenue blanche au garde-à-vous sur le pont.

Le comte et sa suite furent accueillis en musique et honorés d'un discours par le capitaine, en grand uniforme et couvert de médailles. Quand le comte y eut répondu, on conduisit les voyageurs à leurs cabines, qui n'avaient que fort peu de chose à voir avec celles de *l'Etruria*. Le comte se vit attribuer celle du capitaine, la plus vaste et aussi la seule qui comportât un salon. Le reste de la compagnie fut réparti dans celles des officiers qu'on avait tant bien que mal casés ailleurs, les plus jeunes étant, comme toujours, les moins bien lotis. Lydia plaignait les pauvres aspirants, relégués dans les derniers recoins disponibles et bien forcés de s'en accommoder. Sa propre cabine était exactement semblable à celle de sa sœur : petite, certes, mais confortable et même bien aménagée. Héloïse, naturellement, se répandit en gémissements.

— C'est ridiculement petit, déclara-t-elle avec dégoût. On se croirait dans un cercueil.

— Ne parle pas comme ça ! s'écria Lydia, alarmée. Cela porte malheur.

— Déballe mes vêtements, au lieu de dire des sottises ! Grâce à Dieu, il y a des Anglais à bord et j'ai bien l'intention de les éblouir.

Ordonner était une chose, obéir en était une autre. Les malles d'Héloïse étaient si nombreuses qu'il fut impossible de les caser toutes dans la cabine. La plupart d'entre elles restèrent dehors, encombrant le peu d'espace disponible. Et ce fut un véritable casse-tête pour Lydia de réunir les effets et accessoires qui répondaient aux exigences de sa sœur. Quand Héloïse fut enfin prête pour dîner, elle-même ne disposait plus que de quelques minutes pour se changer.

Tout en s'habillant, elle s'aperçut avec surprise que le navire faisait route. La mer était si calme qu'aucun balancement ne se faisait sentir, tandis qu'ils longeaient la côte pour se diriger vers le large. Et le Pacifique s'ouvrait devant eux, immense et bleu, sans la moindre trace de houle.

Au cours du dîner, elle apprit qu'il leur faudrait exactement cinq jours pour atteindre Honolulu. Après l'avoir aimablement renseignée, le plus jeune de ses voisins de table se montra intarissable sur le sujet du couronnement, dont l'approche échauffait toutes les têtes.

— Nous ne pensons plus qu'à cela depuis des semaines, lui confia-t-il, enthousiasmé. Il faut savoir que là-bas, une fête digne de ce nom peut durer des jours et des jours... sans compter les nuits !

Il rayonnait littéralement à cette perspective, et Lydia devina sans peine les images qui hantaient son imagination. Elle avait lu assez de détails convaincants sur l'accueil fait aux Anglais par les belles indigènes. A en croire ces récits, ces jeunes beautés poussaient l'hospitalité jusqu'au don de leur personne. Délicatesse, il faut bien le dire, inégalée jusque-là. Si tout cela était vrai, on était en droit de supposer que le séjour des hommes à terre serait bien employé.

Mais pour l'instant — et qui s'en fût montré surpris ? —, ces mirages hawaïens semblaient perdre de leur pouvoir, éclipsés par l'éclatante beauté d'Héloïse. Les officiers la dévoraient des yeux comme s'ils n'osaient croire le témoignage de leurs sens et elle s'épanouissait sous ces regards comme une rose au soleil. Transformée par la joie de plaire, elle se montrait enjouée, animée, pétulante, flirtait avec tout un chacun sans avoir l'air d'y toucher et comblait ses adorateurs d'irrésistibles sourires.

Lydia ne cessait de l'observer, fascinée par cette métamorphose. C'est à peine si elle pouvait reconnaître en elle la jeune femme ennuyée et maussade qui n'avait pas cessé de gémir sur les désagréments du train — « ce wagon à bestiaux ! » — et de bouder ses compagnons de voyage... sauf le comte, naturellement. Quant à lui, songeait-elle avec un soupçon d'amertume, il devait être en extase devant ses charmes ingénus, comme tous les officiers du bord...

Étouffant un soupir, elle se tourna bravement vers son second voisin et tâcha de s'intéresser à la conversation. Vaine tentative : les souvenirs du respectable lieutenant n'avaient rien de très captivant. Bien résolue à bannir le comte de ses pensées, elle se contraignit à sourire et concentra son attention sur les campagnes du *Victorieux* dans les îles du Pacifique.

Le lendemain, à sa grande surprise, Héloïse se leva beaucoup plus tôt qu'à l'ordinaire. Sa toilette achevée et son déjeuner expédié, elle se rendit sur le pont où, comme il fallait s'y attendre, les officiers présents s'empressèrent autour d'elle. Bientôt, installée sur une confortable chaise longue à l'abri du soleil et du vent, elle devint le centre d'une de ces conversations futiles et pimentées d'un léger flirt, sa distraction préférée.

Le comte avait rejoint le capitaine et Lydia devina qu'il l'interrogeait sur les différents aspects de la vie à bord. Bientôt, en effet, elle les vit parcourir les coursives en discutant avec animation et disparaître dans les flancs du navire. C'est seulement le lendemain, après le déjeuner, que l'occasion lui fut donnée de lui parler en tête à tête. Héloïse, pour une fois, n'avait pas besoin de son aide... et pour cause. Éblouissante d'élégance dans une robe blanche à rubans verts, elle avait réuni autour d'elle une véritable petite cour. Avec son grand chapeau orné de camélias, elle avait l'air de sortir de la tribune royale aux courses d'Ascot, un jour de grand prix. Ses admirateurs la buvaient du regard, et il n'était pas un homme à bord qui ne fût prêt à se jeter à ses pieds.

Lydia, qui n'aimait pas se sentir importune, se retira discrètement et alla s'accouder au bastingage de poupe. Soudain, une forme oblongue qui se mouvait entre deux eaux, apparaissant et disparaissant tour à tour, attira son attention. Un marsouin, peut-être ? Elle plissait les yeux pour mieux distinguer l'animal quand une voix familière répondit à la question qu'elle se posait :

— C'est un dauphin, vous en verrez beaucoup dans les parages d'Hawaï.

Elle sursauta et se tourna vers le comte.

— Je croyais que c'était un marsouin, ou même peut-être... une baleine !

— Avec un peu de chance vous en verrez aussi.

— Je l'espère bien !

— Je vois que vous êtes toujours aussi enthousiaste. Avez-vous sérieusement l'intention d'étudier la faune et la flore de l'île ?

— Mais certainement, j'ai même lu tout ce que j'ai pu trouver d'intéressant sur ce sujet et je rêve d'apercevoir un oiseau-mouche : on dit que c'est si rare !

— Décidément, Lydia, vous me surprendrez toujours. Venir de si loin pour voir couronner un roi et se passionner pour les curiosités du pays... avouez que c'est plutôt inattendu chez une jeune femme !

— Peut-être, mais c'est ainsi. N'en déplaise à Sa Majesté, je crois que ses orchidées me séduiront davantage que le luxe de sa cour. Et ne me dites pas que je serai déçue, je n'ai pas la moindre intention de l'être.

— Je m'en garderai bien, répondit le comte. Je ne voudrais pour rien au monde vous priver de l'espoir auquel vous tenez tant. Ne m'avez-vous pas dit que c'est ce qui a le plus d'importance à vos yeux ?

Lydia eut besoin de toute sa présence d'esprit pour ne pas trahir sa surprise. Il n'avait donc pas oublié leur conversation ?

— Je suis sûre qu'Hawaï ne décevra pas mon attente, déclara-t-elle d'un ton posé. J'ai même le sentiment — et mes sentiments me trompent rarement — qu'elle sera comblée au-delà de tout espoir.

— Espoir que je partage entièrement, croyez-le bien !

Sur ces paroles énigmatiques, le comte tourna les talons, abandonnant Lydia à sa perplexité. Elle avait perçu un tel accent de conviction dans sa voix... pourquoi ? Que pouvait-il bien désirer avec une telle ferveur, lui qui avait tout ce qu'on pouvait souhaiter, sans oublier... Héloïse !

Mais comment aurait-elle pu l'oublier ? Elle ne pouvait les imaginer ensemble sans un douloureux serrement de cœur. Et le regret montait en elle et progressait inexorablement, jour après jour, malgré tous ses efforts pour l'ignorer. Loyalement, elle tâchait de se persuader de la perfection de cette union. Elle se représentait la grâce de sa sœur, parée des diamants des Royston : n'était-elle pas la femme que les plus sincères amis du comte auraient choisie pour lui ? Mais quand elle comparait mentalement ses mérites à la beauté d'Héloïse, une petite voix lui soufflait que la beauté seule ne pouvait suffire à combler un homme tel que lui...

Elle rêvassait ainsi, accoudée au bastingage, quand le jeune officier avec qui elle avait bavardé le premier soir vint l'arracher à sa méditation morose.

— Je vous cherchais, mademoiselle Westbury. J'aimerais vous parler.

— A moi ? Et de quoi donc, seigneur !

— Mais... de vous, naturellement. Ai-je besoin de vous dire que votre présence à bord est pour nous tous aussi rafraîchissante qu'un verre d'eau dans le désert ?

Lydia eut un petit rire cristallin.

— Voilà qui est fort galant, et même très poétique, dit-elle avec enjouement. Mais je n'en crois pas un mot. Je sais tout ce qu'on peut savoir sur les charmes des jolies Hawaïennes, et en particulier... qu'elles n'en sont pas avares.

— Sans doute, mais elles ne sont pas anglaises. Et tout leur exotisme, permettez-moi de vous l'assurer, ne vaut pas le petit doigt d'une jeune fille comme vous.

— Vous me flattez, badina Lydia, que ce flirt innocent commençait à amuser.

Il ne lui déplaisait pas non plus de se voir l'objet de telles attentions. C'était la première fois que cela lui arrivait et elle avait brusquement l'impression de sortir de l'ombre. Sensation des plus agréables et même assez excitante, somme toute. Aussi laissa-t-elle le jeune homme poursuivre son manège tout au long du dîner. Elle avait beau se juger futile, voire stupide, ce petit jeu lui réchauffait le cœur.

Quatre jours passèrent ainsi, bien trop vite à son gré. Et un matin, en la croisant sur le pont, le capitaine lui annonça qu'ils arrivaient en vue du volcan d'Hawaï.

— S'il entre en éruption, expliqua-t-il, ce sera un mauvais présage pour le Roi et toute l'île commentera aussitôt la nouvelle.

— Cela se produit-il souvent ?

— Très souvent. Quelquefois, il ne crache qu'un peu de fumée. Mais il arrive que des coulées de lave débordent du cratère et se répandent sur les pentes. Toutefois, personne ne s'en inquiète : ce n'est jamais vraiment très sérieux.

Pour leur dernière soirée à bord, le capitaine était parvenu à réunir un petit orchestre. On s'installa confortablement sur le pont, au clair de lune, pour écouter des morceaux classiques et des mélodies à la mode. Puis, à l'instigation d'Héloïse sans doute, ils firent place à des airs plus entraînants et les officiers se disputèrent l'honneur de faire danser les jeunes filles. Pour Lydia, accoutumée à rester dans l'ombre de sa sœur, ce fut une véritable fête.

Les jeunes gens avaient adopté l'usage américain, encore peu répandu, qui consiste à enlever une danseuse à son cavalier. Ce qui lui valut de changer très souvent de partenaire. C'est ainsi qu'elle découvrit, non sans surprise, que ces brillants officiers étaient presque tous d'excellents danseurs. Héloïse aurait volontiers valsé jusqu'au matin mais, à minuit, le capitaine mit fin aux festivités. L'orchestre attaqua le *God save the Queen* que chacun écouta debout, dans un respectueux silence, avant d'aller se coucher.

— Je ne me suis jamais autant amusée ! s'exclama Héloïse, tandis que sa sœur l'aidait à se déshabiller. Si c'était comme ça tous les soirs, je serais moins pressée de descendre à terre !

— La traversée a été magnifique, en effet, répondit Lydia. Comme disent les marins, nous avons eu une mer d'huile.

Elle n'avait pas fini de parler qu'elle sentit le pont s'incliner sous ses pieds, tandis qu'une rafale secouait les haubans. Aussitôt en éveil, elle guetta le prochain coup de roulis, faisant des vœux pour que sa cadette ne remarque rien. Mais son inquiétude était vaine : Héloïse était bien trop occupée à raconter ses succès pour s'apercevoir de quoi que ce soit. Tout à son bavardage, elle se mit au lit sans faire d'embarras et Lydia put regagner sa cabine.

La houle se faisait de plus en plus sentir et il était à craindre que sa sœur ne souffre à nouveau du mal de mer. Condamnée à la soigner, elle serait privée du plaisir d'assister à leur entrée dans le port d'Honolulu. Incapable de dormir, elle écoutait ces mille petits bruits alarmants qui trahissaient l'approche de la tempête. Les membrures fatiguées retentissaient de craquements sinistres et, sur le plancher, les souliers qu'elle avait négligé de ranger glissaient d'une paroi à l'autre suivant le rythme du roulis. Mais elle avait beau tendre l'oreille, aucun appel ne venait de la cabine d'Héloïse : grâce à Dieu, sa sœur s'était endormie.

Tout allait si bien jusqu'ici ! soupira-t-elle. Pourquoi faut-il que le temps se gâte juste à la fin du voyage ? Elle avait entendu parler des terribles grains du Pacifique, qui pouvaient surgir en un clin d'œil avec la violence de l'ouragan. Et, pour se rassurer, elle se répétait que rien ne pouvait lui arriver à bord d'un vaisseau de guerre de Sa Majesté britannique. Elle en était là de ses réflexions quand un tintement affolé de cloche retentit par tout le navire.

Elle entendit hurler des ordres et, presque aussitôt, la porte de la cabine s'ouvrit à la volée.

— Au feu ! cria une voix dans l'obscurité. Tout le monde sur le pont !

Elle bondit hors de son lit et courut à tâtons jusqu'à la cabine de sa sœur. Réveillée en sursaut, Héloïse était assise sur sa couchette et gémissait de terreur.

— Qu'est-il arrivé ? Où le feu a-t-il pris ?

— Ce n'est rien, ma chérie. Dépêche-toi de monter sur le pont et tout ira bien.

— Mais j'ai peur, c'est affreux, j'ai si peur !

— Je sais, mais calme-toi : tu n'es pas en danger. Tu devras sans doute monter dans un canot de sauvetage, mais nous ne sommes pas très loin de la côte.

— Mais je vais me noyer, j'en suis sûre... je vais me noyer !

La voix du comte interrompit ces lamentations.

— Vite, je vous attends là-haut. Prenez un vêtement chaud et ne vous inquiétez surtout pas, je m'occupe de tout.

— Je vais m'assurer que tout est prêt pour elles, ne perdez pas de temps !

C'était la voix de sir Robert, rendue presque méconnaissable par l'inquiétude. A ce signe, Lydia comprit que le danger était vraiment sérieux.

5

Une lanterne à la main, le comte éclairait Lydia tandis qu'elle fouillait dans la penderie, à la recherche du manteau de zibeline de sa sœur.

— J'ai peur, ne cessait de gémir Héloïse, je ne veux pas monter dans un canot, c'est trop dangereux !

— Mais non, la rassura Lydia, tout en lui passant son manteau. Tu n'as rien à craindre, on s'occupera de toi.

Peine perdue. La frayeur de sa sœur tournait à l'hystérie et elle poussait des cris d'orfraie, refusant de quitter la cabine.

— Je crains que vous ne soyez obligé de la porter, dit tranquillement Lydia au comte.

Il lui tendit la lanterne et, sans un mot, souleva la jeune fille dans ses bras. Elle commença par se débattre avec furie puis, comprenant que tout effort était vain, s'abattit en sanglotant sur son épaule. Il l'emporta hors de la pièce tandis que Lydia, derrière eux, s'efforçait d'éclairer leur chemin. Comme elle franchissait le seuil à son tour, elle s'aperçut tout à coup qu'elle ne portait pour tout vêtement que sa fine chemise de linon blanc.

— Dépêchez-vous d'enfiler quelque chose de chaud, dit le comte au même instant, et suivez-nous sans perdre une minute.

Elle hésita, craignant qu'il ne puisse se diriger dans l'étroit escalier. Puis elle aperçut une lueur en haut des marches et comprit que quelqu'un les attendait avec de la lumière. Comme elle rentrait dans sa cabine, un violent coup de roulis faillit la jeter sur le sol et elle n'eut que le temps de poser sa lanterne sur la table. Renonçant à fouiller la penderie, elle arracha en hâte une couverture à son lit, la drapa sur ses épaules et, reprenant sa lanterne, se précipita sur les traces du comte. Il avait atteint le haut de l'escalier et elle allait s'y engager à son tour quand une voix pitoyable lui parvint, à peine audible dans le tumulte environnant.

— Au secours, aidez-moi... au secours !

Elle s'immobilisa, tous les sens en alerte et, à nouveau, perçut l'appel désespéré.

— Aidez-moi, je vous en prie, j'ai mal !

Sans hésiter, elle rebroussa chemin et, guidée par les plaintes, découvrit un passage obscur donnant sur le couloir des cabines. Là, dans l'espace exigu du faux pont, une silhouette immobile était étendue sur le sol. Élevant sa lanterne, elle reconnut l'un des jeunes enseignes de vaisseau.

— Êtes-vous blessé ? s'enquit-elle avec sollicitude.

— Oui, je crois que je me suis... cassé la jambe !

Le jeune homme luttait bravement contre la douleur mais ses yeux brillaient de larmes contenues.

— On m'a envoyé prévenir Sa Seigneurie que le feu avait pris aux machines, expliqua-t-il, mais j'ai glissé en courant.

— Ce n'est peut-être qu'une entorse, dit Lydia, compatissante. Mais il faut qu'on vous sorte de là, de toute façon : je vais chercher quelqu'un.

Elle s'élança vers l'escalier mais la voix angoissée du jeune homme la rappela.

— Vous n'allez pas m'oublier, dites ?

— Mais non, voyons ! Je vous promets de revenir vous chercher.

— Elle s'éloignait d'un pas incertain quand elle vit s'approcher le comte.

— Ah vous voilà ! s'exclama-t-il avec un soulagement visible. Je commençais à m'inquiéter.

— Un des enseignes s'est cassé la jambe, lui apprit-elle au moment où il la rejoignait. Nous ne pouvons pas le laisser ici, on pourrait l'oublier.

— Mais votre père et Héloïse sont déjà dans le canot, on n'attend plus que vous !

— Je vous en prie, implora-t-elle, aidez-moi à transporter ce garçon. Il est incapable de bouger et il souffre !

Sans discussion, le comte la suivit jusqu'au recoin où gisait le blessé.

— On va vous tirer de là, lui annonça-t-elle avec sympathie. Quelqu'un est venu vous chercher.

Le comte se pencha sur le jeune homme et le souleva avec précaution.

— Tout ira bien, on va vous transporter en « chaise volante », dit-il en le chargeant adroitement en travers de son épaule. Accrochez-vous !

Et, prenant appui sur la paroi de sa main libre, il réussit à atteindre l'escalier malgré l'amplitude croissante du roulis. Lydia admirait son aisance et, gênée par la couverture qui traînait à terre, le suivait comme elle pouvait, regrettant de n'avoir pas pris le temps de passer un manteau. Quand elle émergea sur le pont, il avait déjà disparu avec son fardeau. Elle regarda autour d'elle et, apercevant des lanternes accrochées un peu partout, tendit la sienne à un marin pour s'en débarrasser.

— Dépêchez-vous, mademoiselle, dit l'homme en la lui ôtant des mains. Sautez dans un canot aussi vite que vous pourrez !

Lydia quitta l'abri du rouf et, surprise par la violence du vent, chancela jusqu'au bastingage. Les vagues balayaient le pont et, pendant un moment, elle ne vit rien d'autre que d'énormes masses d'eau bouillonnantes, sinistrement éclairées par la lune. Puis, peu à peu, elle distingua une autre lueur dans ce chaos : celle de l'incendie qui, parti de la salle des machines, gagnait peu à peu tout le bâtiment. A la lueur des flammes, elle vit que le jeune enseigne avait rejoint Héloïse et son père dans l'un des canots. Au moment où l'on s'apprêtait à le mettre à l'eau, le comte surgit devant elle.

— Vous en avez mis un temps ! s'écria-t-il avec rudesse, vous devriez déjà être dans ce bateau.

— Je suis désolée, s'excusa-t-elle d'une voix contrite.

— Il en reste encore un, observa-t-il en la poussant vers une embarcation que l'on amenait contre le bord. Allez, grimpez là-dedans !

— Dépêchez-vous, Milord, dit l'officier qui commandait la manœuvre, la mer devient de plus en plus mauvaise et le temps joue contre nous.

Malgré l'urgence de la situation, il s'était exprimé avec un calme impressionnant et le comte répondit sur le même ton :

— Nous faisons de notre mieux, lieutenant.

Une vague les submergea, couvrant sa voix, et pendant un instant Lydia n'entendit plus que le ruissellement de l'eau contre la coque. Aveuglée, elle se sentit tirée en arrière, soulevée et déposée dans le canot. Elle ouvrit les yeux en suffoquant et tendit les bras vers le comte, le suppliant de venir la rejoindre. Et c'est avec soulagement qu'elle entendit l'officier lui intimer, d'un ton respectueux mais sans réplique :

— A votre tour, Milord. Nous ne pouvons nous embarquer tant qu'il reste un passager à bord.

Le comte sauta lestement aux côtés de Lydia et, comme si c'était la chose la plus naturelle du monde, passa un bras autour de ses épaules et l'attira contre lui. Quelques secondes plus tard, le petit canot descendait le long de la coque. Lydia crut un instant qu'il allait chavirer mais, parce qu'elle était dans les bras du comte, elle n'eut pas réellement peur. Par contre, elle eut une pensée apitoyée pour la pauvre Héloïse, qui devait mourir de frayeur.

Les marins s'éloignèrent du bord à force de rames, mais la houle était si forte qu'ils avaient le plus grand mal à conserver à l'embarcation un semblant d'équilibre. Les vagues inondaient régulièrement le canot, et l'un des matelots ne cessait d'écoper, évacuant frénétiquement l'eau qui atteignait déjà leurs chevilles. Comme Lydia observait cette lutte inégale, elle entendit le comte demander :

— Savez-vous nager ?

— Oui, mais dans une mer pareille je ne sais vraiment pas si j'y arriverai !

— Espérons que cela ne sera pas nécessaire. Mais si jamais nous chavirons, agrippez-vous à moi et laissez-moi faire.

C'était exactement ce qu'elle désirait entendre. Et il lui vint à l'esprit que si jamais ils se noyaient, elle n'aurait pas peur de la mort car ils ne seraient pas séparés. Mais elle ne voulait pas mourir, elle voulait vivre et elle savait que le comte survivrait : il n'était pas de ceux qui se laissent vaincre. Il surmonterait cette épreuve comme il venait à bout de tous les obstacles : en vainqueur. De cela, elle ne doutait pas un seul instant.

Le canot dansait sur la houle et il était presque impossible à ses occupants de voir à plus de quelques mètres autour d'eux. La lune elle-même disparaissait de temps à autre à leur vue, masquée par un nuage ou la muraille lisse d'une vague. Le vent fouettait les cheveux de Lydia et les rabattait sur son visage. Cependant, voyant le comte se retourner brusquement, elle l'imita et distingua la silhouette du *Victorieux*, dressant dans l'obscurité son gréement léché par les flammes.

— Comment une chose pareille a-t-elle pu se produire ? murmura-t-elle atterrée.

— C'est un vieux bateau, observa le comte. Il sera difficile de le sauver.

Comme il achevait ces mots, une lame de fond souleva leur embarcation, qui retomba sur l'eau avec un bruit menaçant. L'officier cria un ordre, mais une vague plus haute encore que la précédente s'abattit sur eux, obligeant tout le monde à se courber pour amortir le choc. Il n'était plus question de manœuvrer, le canot était désormais ingouvernable. Avant même d'avoir eu le temps de comprendre ce qui lui arrivait, Lydia se sentit basculer et comme aspirée par la mer, qui l'engloutit dans ses profondeurs glacées. Elle connut un instant de panique, se débattit et remonta à la surface en suffoquant. A la même seconde, une main vigoureuse se referma sur son poignet.

— Accrochez-vous à moi, ordonna le comte, la côte n'est pas très loin.

Elle s'agrippa à son manteau et s'aperçut qu'elle avait perdu la couverture en passant par-dessus bord. Loin de s'en inquiéter, elle s'en félicita. Elle ne portait plus qu'une légère chemise de nuit qui ne la gênerait pas pour nager. Les vagues étaient de plus en plus rapprochées et, à ce signe, elle jugea qu'ils avaient atteint les brisants qui cernent toutes les îles de l'archipel. Une trombe d'eau déferla sur elle, la roula dans un tourbillon et elle sentit une masse dure heurter son front. Puis, tout s'anéantit autour d'elle et il n'y eut plus que la nuit...

Lydia gémit doucement et quelques minutes s'écoulèrent avant qu'elle ne reprenne conscience et s'aperçoive qu'il faisait jour. Étendue sur le dos, elle demeura un moment immobile, sans vraiment comprendre où elle était. Elle porta la main à son front, là où une douleur sourde lui battait les tempes et, brusquement, se souvint. En un éclair elle revit le navire en flammes, le canot secoué par la tempête, le naufrage... Elle ouvrit les yeux et vit se balancer au-dessus d'elle un gracieux entrelacs de palmes. Elle abaissa la main, tâtonna autour d'elle comme si elle doutait encore d'être sur le sol ferme et se demanda si elle ne rêvait pas : plus rien ne subsistait des horreurs de la nuit et de la violence de la tempête. Elle était assise sur le sable chaud et, devant elle, la mer calme et transparente clapotait doucement au soleil. Des vaguelettes scintillantes venaient mourir sur la plage, dans un léger moutonnement d'écume.

Au large, la silhouette du *Victorieux*, toujours à flot, se profilait sur l'azur du ciel. Clignant des yeux, Lydia put distinguer sur le pont une certaine agitation. Aussi incroyable que cela puisse paraître, il y avait quelqu'un à bord !

Un peu réconfortée, elle promena son regard autour d'elle. Le bouquet de palmiers qui lui servait d'abri croissait en bordure d'une petite baie sablonneuse. Au-delà, visible à travers les troncs élancés, commençait l'enchevêtrement touffu de la forêt tropicale. C'était un fouillis sauvage et somptueux de goyaviers, de mimosas, de vanilliers, de fougères géantes et de fleurs, dont les couleurs et les parfums dépassaient l'imagination. Lydia contemplait tout cela avec une fascination incrédule quand, tout à coup, l'étrangeté de ce décor la frappa. Avec un sentiment soudain de dépaysement et d'angoisse, elle s'aperçut qu'elle était seule.

En sortant de son évanouissement, son soulagement avait été si intense qu'elle n'avait su que s'étonner de se retrouver saine et sauve, oubliant momentanément comment et avec qui elle était venue jusque-là. Maintenant, le cœur étreint d'une inquiétude insupportable, elle scrutait l'étendue de la baie, s'efforçant de croire que le comte s'y trouvait, lui aussi. Mais la plage était désespérément déserte et rien ne rompait le silence, hormis le chuchotement paisible du ressac. Se pouvait-il que celui qu'elle cherchait...

De toutes ses forces, elle repoussa l'affreuse pensée : jusque-là, il ne lui était pas venu à l'esprit qu'il pouvait s'être noyé. Malgré la faiblesse qui lui engourdissait les membres, elle se mit péniblement debout, décidée à le retrouver coûte que coûte. Mais une sinistre appréhension se glissait en elle comme un poison et, avec une implacable logique, lui faisait entrevoir ce qui avait dû se passer. Quand elle avait subi ce choc violent à la tête et perdu connaissance, le comte lui avait porté secours, exposant sa vie pour sauver la sienne. Et maintenant... Non, murmura-t-elle, dans un élan de tout son être. Pas cela, mon Dieu, pas cela !

Et, tandis que ses lèvres formaient les mots d'une prière muette, son regard fouillait la surface de l'eau, plein d'une interrogation horrifiée. Puis, avec une anxiété mêlée d'espoir, elle se tourna vers la forêt, fixant intensément le lacis compliqué de lianes et de feuillages. Jamais elle ne parviendrait à pénétrer l'épaisseur de cette végétation sauvage, il n'était même pas question de le tenter. D'ailleurs, le bon sens lui soufflait qu'il était vain d'orienter ses recherches de ce côté. Si le comte était vivant, il était fort peu vraisemblable qu'il soit allé se cacher dans la jungle. Par contre, le courant avait pu l'entraîner plus loin, en un autre point de la côte, invisible de la baie. C'était une éventualité, et elle décida de la vérifier.

D'un geste résolu, elle repoussa ses cheveux en arrière et s'aperçut avec surprise qu'ils étaient secs. Depuis combien de temps se trouvait-elle sur cette plage ? A la position du soleil, elle estima qu'il devait être 5 heures du matin, un peu moins peut-être. Elle se mit à longer la grève, luttant contre la raideur douloureuse de ses membres. Sa longue lutte avec l'océan démonté l'avait épuisée et c'est à peine si ses jambes pouvaient la porter. Mais elle ne songeait qu'à retrouver le comte et ne s'inquiétait vraiment que de la direction à prendre.

Après quelques pas chancelants, elle vit surgir d'un bouquet d'arbres masquant la pointe de la baie la haute silhouette d'un homme. Le soleil l'empêchait de le distinguer avec précision et, pendant quelques instants, elle se demanda qui il pouvait bien être. Tout ce qu'elle pouvait discerner, c'est qu'il était nu jusqu'à la ceinture. Et un frisson lui courut le long du dos en songeant aux indigènes hostiles qui avaient tué le capitaine Cook. Puis, avec un petit cri de joie, elle reconnut le comte de Royston.

Sans plus réfléchir, elle se précipita vers lui, effleurant à peine le sable dans sa hâte. Elle avait oublié sa fatigue, sa douleur, ses angoisses, elle ne savait plus qu'une chose : il était vivant ! Quelques secondes plus tard, elle s'abattait sur sa poitrine, balbutiant d'une voix incohérente :

— Vivant, vous êtes vivant ! Oh ! Dieu merci, vous êtes vivant !

Il referma les bras sur elle et, comme elle levait vers lui son visage rayonnant de joie, s'inclina doucement sur ses lèvres.

Elle n'en éprouva ni choc, ni surprise : l'inévitable s'accomplissait, tout simplement. Il était écrit depuis le commencement des temps qu'après une agonie de terreur et d'angoisse, celui qu'elle avait cru perdu lui serait rendu, sain et sauf.

Il s'empara de sa bouche et, parce qu'elle avait si longtemps désiré ce bonheur interdit, elle s'abandonna sans réserve au ravissement qui la gagnait, la brûlait d'une joie presque insupportable. Le comte prolongea leur baiser jusqu'à ce qu'elle perde conscience d'elle-même et de tout ce qui l'entourait pour ne plus faire qu'un avec lui, ne plus exister que par lui. Alors il releva la tête et, pendant un court moment, la dévisagea avec une attention passionnée. Puis il se remit à l'embrasser, longuement, lentement, avec une fougue impatiente qui fit lever en elle une foule d'émotions délicieuses et de sensations inconnues. Non, le paradis même ne pouvait rien lui offrir de plus merveilleux que le refuge de ses bras, le goût de sa bouche sur la sienne... Mais il n'est pas donné aux mortels de s'attarder au paradis, et après un instant d'éternité, elle émergea de sa transe éblouie.

— Je... je vous croyais mort, murmura-t-elle, j'ai cru vous avoir perdu !

— Mais je suis en vie ma bien-aimée, répondit-il avec émotion, et vous aussi, grâce à Dieu !

Il lui releva le menton et reprit tendrement ses lèvres, non plus avec avidité mais au contraire avec une retenue pleine de douceur.

— J'ai eu si peur ! soupira-t-elle en reprenant son souffle.

Il resserra tendrement son étreinte.

— Venez vous asseoir, dit-il en l'entraînant vers la pénombre accueillante des arbres. Les secours ne vont pas tarder, mais je veux m'assurer que vous n'avez rien.

— Je... je vais très bien, haleta-t-elle, comme si les mots ne lui venaient qu'avec difficulté.

Elle n'avait plus la force de parler, ni même de réfléchir. L'amour seul l'occupait, l'amour qui brûlait en elle et les irradiait tous deux de sa lumière. Elle ne savait plus qu'une chose : elle était auprès de celui qu'elle aimait, et il l'avait embrassée !

— Comment aurais-je pu m'en empêcher ? demanda-t-il, comme s'il avait suivi le cours de ses pensées. J'en mourais d'envie depuis si longtemps !

— C'est vrai ? Vous vouliez... m'embrasser ?

— Si je le voulais !

— Mais...

— Je sais, il y a tant de « mais » entre nous, tant d'obstacles insurmontables.

— Mais... reprit-elle, presque malgré elle.

Ils étaient parvenus au pied d'un frangipanier rose et le comte la fit s'asseoir sous son ombre. Tandis qu'il prenait place à ses côtés, une pluie de pétales odorants se détacha de l'arbre en les effleurant au passage, comme une caresse du ciel. En un geste plein d'abandon, Lydia se blottit dans les bras de son compagnon et seulement alors se souvint qu'il était à demi nu.

Le manteau qu'il avait passé à la hâte la nuit précédente avait dû le gêner pour nager et il s'en était sans doute débarrassé quand la violence des vagues les avait jetés vers la côte. Elle-même n'était pas dans une tenue beaucoup plus décente et, s'en avisant tout à coup, elle croisa brusquement les mains sur sa poitrine.

— N'ayez pas honte, ma chérie, dit le comte avec un sourire plein de tendresse. La pudeur n'a plus aucun sens en de telles circonstances. Nous sommes sains et saufs et j'espère que le choc que vous avez reçu sera sans gravité.

— Comment est-ce arrivé, le savez-vous ?

— Juste au moment où nous atteignions le rivage, vous avez heurté une épave et perdu connaissance. Je vous ai tirée hors de l'eau et déposée sur la plage. Je pense qu'après cela, épuisée de fatigue et de froid, vous avez dû vous endormir.

Lydia eut un petit rire insouciant.

— C'est bien de moi d'avoir fait une chose aussi stupide !

— C'est une réaction on ne peut plus naturelle, croyez-moi. C'est pourquoi, après m'être assuré que vous étiez hors de danger, je suis parti à la recherche des autres rescapés.

— Nous ne sommes donc pas seuls !

— Dans la baie, si. L'équipage du canot est un peu plus loin, sur la côte. Mais les hommes n'étant guère mieux vêtus que moi, il vaut mieux ne pas vous éloigner.

— Mais je veux rester avec vous, près de vous !

— Moi aussi, ma bien-aimée, c'est mon vœu le plus cher. Mais Dieu seul sait ce qu'il va advenir de nous, désormais !

Lydia avait complètement oublié sa sœur, ses fiançailles avec le comte... avec l'homme qu'elle aimait plus que tout au monde et qui venait de l'embrasser. Sa joie tomba d'un seul coup et la honte la submergea.

— Je suis désolée, balbutia-t-elle en baissant les yeux. Je... je me suis conduite de façon... impardonnable.

— De façon merveilleuse au contraire, dit le comte sans s'émouvoir, et la seule qui fût possible. Car sachez-le, ma chérie : je vous aime, et cela change tout.

Elle releva la tête et le dévisagea avec une surprise incrédule.

— Qu'est-ce que... qu'avez-vous dit ?

— Que je vous aime, et je le répéterai autant de fois qu'il vous plaira de l'entendre, mon amour. Mais pour l'instant, la seule question importante est celle-ci : qu'allons-nous faire, maintenant ?

Pour Lydia, il était une autre question beaucoup plus importante encore et c'est sans la moindre honte cette fois qu'elle demanda :

— Quand avez-vous découvert... que vous m'aimiez ?

— Dès notre première rencontre, je crois, répondit-il en souriant. J'ai croisé votre regard et, dès cet instant, il m'a été impossible de l'oublier. J'ai perçu entre nous une affinité singulière et je me suis senti plus proche de vous que je ne l'avais jamais été de qui que ce soit.

Elle l'écoutait avec un étonnement émerveillé qui lui arracha un petit rire étouffé.

— Je sais que tout ceci doit vous sembler difficile à croire, enchaîna-t-il, il m'est arrivé si souvent d'être séduit par la beauté d'une femme. Mais, je vous supplie de le croire, Lydia, cela n'avait rien de comparable à ce que j'ai éprouvé en vous voyant pour la première fois.

Elle laissa échapper un profond soupir et, quand elle parla, sa voix se chargea d'une émotion très douce, impossible à contenir.

— Je crois que c'est ce qui m'est arrivé, la première fois que je vous ai vu, à la chasse. Je me suis sentie invinciblement attirée vers vous, pour ne pas dire... fascinée.

— Vous me flattez !

Elle secoua gravement la tête.

— Non, c'est la vérité, je me souviens très bien de ce que j'ai pensé alors. Vous aviez l'air... d'un pirate, d'un de ces hommes à qui rien ne résiste et qui imposent à tous leurs désirs et leur volonté.

Le comte redevint subitement sérieux.

— Puissiez-vous avoir raison, ma bien-aimée ! car mon plus cher désir est que vous soyez à moi. Vous êtes si délicate, si généreuse, si différente des autres femmes ! Auprès de vous, je sens toutes mes facultés s'aiguiser, s'ouvrir à une dimension nouvelle.

— C'est exactement l'effet que vous produisez sur moi ! répliqua-t-elle en riant.

— Parce que nous sommes faits l'un pour l'autre, ma chérie. Et c'est à moi, à moi seul et à mon stupide orgueil que nous devons la situation où nous nous trouvons aujourd'hui.

A ces mots, Lydia parut s'éveiller d'un rêve, comme si Héloïse en personne venait de surgir entre eux, pour lui rappeler que l'amour leur était interdit.

— Je n'ai aucune excuse pour avoir agi ainsi, reprit amèrement le comte. J'ai cédé à une impulsion, un mouvement de vanité et je n'ai pas cessé de me le reprocher.

Lydia perçut sa tristesse et se blottit plus étroitement contre lui.

— Je veux que vous sachiez la vérité, poursuivit-il, impitoyable envers lui-même. Après cela, peut-être saurez-vous comment me venir en aide, car je suis incapable de m'aider moi-même !

— Je vous écoute, dit-elle avec simplicité. Racontez-moi ce qui s'est passé.

— J'y viens. J'ai commis la folie de me lancer dans une aventure avec une ravissante jeune femme. Vous ne serez pas surprise d'apprendre qu'elle avait les yeux bleus, des cheveux d'or, un teint de pêche...

Lydia n'eut aucun mal à reconnaître en ce portrait la duchesse de Dorchester mais garda ses réflexions pour elle.

— Je savais que son mari était follement jaloux, enchaîna le comte, et je m'attendais à ce qu'il me provoque en duel. Ce qui est parfaitement illégal, comme vous le savez, mais néanmoins très fréquent. Qu'il veuille se battre ou non, je pensais qu'il aurait au moins une explication avec moi.

— Et... qu'a-t-il fait ? s'enquit Lydia, d'une voix à peine audible.

Elle redoutait ce qu'elle allait entendre mais il fallait qu'elle sache la vérité.

— Ni l'un ni l'autre. Il était beaucoup trop intelligent pour cela, mais il a trouvé mieux : il est allé se plaindre à la Reine.

— A la Reine ! Et... en quels termes ?

— Il a fait comprendre à Sa Majesté qu'un scandale était incompatible avec sa position à la cour... et avec la mienne.

Lydia retenait son souffle.

— Et Sa Majesté vous a éloigné de la cour !

— Exactement. Elle m'a chargé de la représenter au couronnement du roi Kalakaua.

— Honneur auquel, je suppose, il n'était pas question de vous soustraire.

— Cela va de soi, et je n'y ai même pas songé. Mais j'avais peur que la véritable raison de mon départ ne s'ébruite, ce qui aurait fait de moi la risée publique. Aussi, pour éviter les ragots, me suis-je empressé de demander la main de votre sœur.

— C'était donc pour cela !

— Uniquement. Je l'avais aperçue une ou deux fois et j'avais remarqué sa beauté. Comme amis et parents me pressaient depuis des années de prendre femme, j'ai jugé ces fiançailles fort opportunes. Personne après cela ne pourrait dire que j'avais été chassé de la cour pour mauvaise conduite !

— Je... je comprends.

— Je savais que vous le feriez, ma chérie. Mais comment aurais-je pu savoir qu'en agissant ainsi je me condamnais moi-même à la plus insupportable des tortures ? Croyez-moi, Lydia...

Il s'interrompit, comme pour mieux lui faire sentir l'importance qu'il attachait à ses paroles.

— Croyez-moi, avant de vous connaître, je n'avais jamais aimé.

— C'est... c'est bien vrai ?

Elle ne l'avait pas quitté du regard et lut dans ses yeux la réponse qu'elle attendait. En cet instant, ils se sentirent plus proches l'un de l'autre qu'ils ne l'avaient jamais été. De longues secondes passèrent ainsi, avant que le comte ne se décide à poursuivre :

— J'admirais votre sœur, elle est ravissante, c'est vrai. Mais sa beauté est de celles qui se fanent comme les fleurs et ne survivent pas à la jeunesse. Vous êtes bien différente, Lydia.

— En quoi cela ?

— Votre beauté vous vient du cœur, ou même, qui sait... de ce pouvoir divin en lequel vous croyez et dont nous avons tant besoin.

A nouveau, le comte s'interrompit et laissa échapper un rire sourd et voilé de tristesse.

— Alors, qu'il nous vienne en aide en ce moment ! acheva-t-il. Car, sans un miracle, vous ne serez jamais à moi, vous qui êtes ce que je désire le plus au monde !

— C'est donc vrai, vous voulez... vivre avec moi ?

— Depuis le début de ce voyage, mon aimée, je me demande comment je pourrai vivre sans vous.

Lydia tressaillit à ces paroles et sentit son cœur se dilater de joie.

— Je vous aime, s'écria-t-elle d'une voix vibrante, et je suis prête à faire... tout ce que vous me demanderez !

— Je savais que vous diriez cela, ma chérie, mais puis-je vous demander de vous enfuir avec moi ? Jamais je n'exigerais de vous une action contraire à l'honneur ou à la décence. Quant à moi...

Le comte soupira longuement.

— J'ai donné ma parole de gentilhomme d'épouser votre sœur et tout l'amour que j'ai pour vous ne m'autorise pas à la reprendre.

— Non, bien sûr que non, s'exclama impulsivement Lydia. Il n'en est pas question !

En disant cela, elle savait qu'elle renonçait à son unique chance de bonheur et se fermait elle-même les portes du paradis. Mais le comte avait donné sa parole et pour rien au monde elle ne l'aurait encouragé à la rompre. Pour elle comme pour lui, cet engagement était aussi sacré que le serment du mariage. Et, une fois de plus, elle eut l'impression étrange qu'il avait suivi ses pensées.

— Je ne veux pas vous perdre ! s'écria-t-il d'une voix âpre en la serrant dans ses bras. Je ne peux pas !

Il se pencha sur elle et reprit possession de ses lèvres, fougueusement, passionnément, comme s'il voulait la forcer à se donner à lui. Son désir s'accroissait de la sentir si réceptive à ses baisers et, peu à peu, s'enhardir à y répondre. Alors seulement, il prit conscience du vertige qui les gagnait tous deux et trouva la force de se détacher d'elle.

— Il vaut mieux que je vous quitte, dit-il d'une voix bizarrement changée... pendant que je le peux encore. Je vais rejoindre l'équipage. Restez tranquillement ici en attendant les secours.

— Non, je vous en prie, ne me laissez pas seule. Je me sens tellement en sécurité dans vos bras !

— Et vous l'êtes, ma bien-aimée, même si je commets la pire des folies en vous gardant près de moi.

— Eh bien, soyons fous ! murmura doucement Lydia. Nous sommes seuls et nul ne sera témoin de notre conduite, sinon les oiseaux de ces bois !

Un sourire flotta sur les lèvres du comte.

— C'est vous qui me dites cela, ma chérie ? Vous qui venez si fermement de me rappeler à mes devoirs !

— C'est vrai, mais... tout cela n'a plus aucun sens, à présent, et je ne sais plus qu'une chose : je vous aime, et je veux rester près de vous.

— Et moi je veux qu'il en soit ainsi, mon aimée... même si mes bras ne me semblent pas un refuge très sûr pour vous ! Ce n'est pas contre les commérages que je cherche à vous protéger en ce moment, mais plutôt... contre moi-même !

Au regard étonné qu'elle leva vers lui, il put mesurer l'étendue de son innocence. Une telle pureté le ravissait, le désarmait et ajoutait à son désir une note de déférence qu'il n'avait jamais éprouvée envers une autre femme.

— Vous êtes mon plus précieux trésor, dit-il d'une voix chargée d'émotion contenue, et je saurai vous protéger... de tout danger.

— Alors ne me quittez pas, implora-t-elle. Imaginez que des indigènes surgissent pendant votre absence, avez-vous songé à ce qui pourrait m'arriver ? Ils ont tué le capitaine Cook !

Elle était si belle en cet instant que le comte imaginait sans peine à quoi un autre homme eût pensé en la voyant ainsi... certainement pas à la tuer, en tout cas, fût-il le plus farouche des guerriers. Mais le lui dire n'aurait fait que l'inquiéter davantage.

— Très bien, ma chérie, déclara-t-il d'une voix parfaitement contrôlée, je reste. Mais quand, plus tard, vous évoquerez cette aventure, dites-vous bien que vous ne m'aurez jamais rien demandé de plus difficile que ce que vous exigez de moi en ce moment.

Lydia le dévisagea sans comprendre.

— Quoi qu'il advienne, répliqua-t-elle, ce moment restera pour moi le plus précieux de ma vie. Et pourtant, quand vous m'avez embrassée, j'ai eu le sentiment de vivre un événement merveilleux, prévu depuis le commencement des temps.

— Je n'en ai jamais douté, répondit-il en souriant. Et pourrais-je accepter de vous perdre après vous avoir tant attendue, mon aimée ?

Il la renversa dans ses bras et posa ses lèvres sur les siennes, très doucement d'abord, comme s'il craignait de l'effaroucher. Puis son baiser se fit plus pressant, plus exigeant, jusqu'à ce qu'ils en perdent le souffle. Quand il consentit enfin à la libérer, elle eut un petit soupir étranglé et se cacha le visage contre sa poitrine.

— Moi non plus, je ne veux pas vous perdre, chuchota-t-elle. Il faut continuer à espérer.

— Espérer ! s'exclama-t-il d'une voix amère. Espérer quoi ? Que votre sœur meure avant vous ? Qu'elle soit tombée à la mer ? De telles choses n'arrivent que dans les livres, ma chérie, et nous devons regarder la vérité en face : je suis enchaîné pour la vie.

— Nous pourrons toujours... nous voir de temps à autre ?

— Et vous pensez que je supporterais cela ? Que je pourrais vivre à Royston Abbey, si près de vous et condamné à ne jamais vous revoir... ou presque ?

Il s'interrompit comme si la voix lui manquait et reprit après un court silence :

— Pourrais-je sortir pour chasser sans vous chercher du regard parmi les cavaliers ? Entendre ma femme prononcer votre nom sans que cela me torde le cœur ?

Il s'exprimait avec une telle violence que Lydia laissa échapper un cri de frayeur.

— Ne parlez pas ainsi ! dit-elle en levant vers lui ses grands yeux rayonnants d'espoir. Il faut croire en la force de notre amour, accepter cette épreuve avec courage et, si Dieu le veut... peut-être nous réunira-t-il un jour.

— Le croyez-vous réellement vous-même ? A ma connaissance, Dieu ne se mêle pas si souvent des affaires de cœur !

— Vous vous trompez. Je sais, je sens que j'ai raison de croire en lui. Et parce que je vous aime de toutes mes forces et de toute mon âme, un jour viendra où il bénira notre amour.

Le comte abaissa sur Lydia un regard débordant de tendresse. Elle était si touchante ainsi, jamais il n'avait vu de visage aussi beau, aussi pur, ni de femme aussi inconsciente de sa grâce. Bouleversé, il lui prit la main et la porta à ses lèvres avec une sorte de ferveur.

— Je vous adore, dit-il en déposant un baiser sur le bout de ses doigts.

Et, comme s'il craignait de céder à l'émotion qui le gagnait, il ajouta :

— Mais je ne dois pas oublier qu'il m'appartient de veiller sur vous. Il est grand temps de songer à trouver quelque chose à manger, vous ne croyez pas ? Vous devez être affamée.

— Quelque chose... à manger ? répéta-t-elle, abasourdie.

Puis elle regarda autour d'elle et déclara avec un petit rire :

— Vous avez raison, et nous devons pouvoir trouver ici tout ce qu'il nous faut. Et maintenant que vous en parlez, je m'aperçois que je meurs de faim !

— Venez, dit-il en bondissant sur ses pieds, allons voir ce que cette jungle a à nous offrir.

Il aida Lydia à se relever et l'entraîna à travers l'épaisse végétation, écartant les feuilles devant elle. Ils n'eurent aucune peine à trouver des goyaves à la saveur acide mais désaltérante, des baies mûres et parfumées et même une noix de coco, que le comte ouvrit en se servant d'un caillou pointu comme un couteau. Après quoi, ils revinrent au rivage et lavèrent leurs mains poissées de sucre dans la mer.

— Si nous avions des allumettes, observa Lydia, nous pourrions faire du feu et j'irais ramasser des œufs d'oiseaux pour vous préparer une délicieuse omelette.

Le comte éclata de rire.

— J'adorerais vivre avec vous sur une île déserte, ma chérie... à condition qu'il fasse beau ! En cas d'orage — comme celui de cette nuit, par exemple — vous risqueriez de prendre froid, même si je vous serrais dans mes bras.

Elle sentit ses joues s'empourprer et se rappela brusquement la légèreté de sa tenue. Sa chemise de linon ne dissimulait pas grand-chose de sa silhouette et le comte semblait caresser du regard les moindres courbes de son corps, sous le fin tissu traversé de soleil. Pourtant, elle n'éprouvait aucune honte et, dans un geste plein d'amour et de confiance, se suspendit à son cou, offrant ses lèvres à son baiser.

— Je vous aime! dit-il en la serrant farouchement contre lui. Si vous saviez ce que j'ai enduré tout au long de ce voyage, à vous sentir si près de moi sans avoir le droit de vous déclarer mon amour.

— Et moi qui avais si peur que vous ne deviniez mes sentiments pour vous!

— Vous m'auriez épargné bien des tourments, ma chérie: je ne pensais qu'à vous et à ce qui nous séparait.

— Comment aurais-je pu m'en douter? J'étais si malheureuse, si vous saviez!

... Et si jalouse, ajouta-t-elle pour elle-même, en se rappelant sa torturante jalousie et ses efforts désespérés pour la surmonter.

— Pouvez-vous imaginer, seulement imaginer que nous soyons séparés l'un de l'autre tout au long de notre vie? demanda-t-il tout à coup.

Il laissa errer son regard vers la mer et un silence s'établit entre eux, qu'il fut le premier à rompre.

— Les secours ne vont pas tarder à arriver, je suppose. Les hommes que l'on a envoyés à notre recherche ne doivent plus être bien loin.

— Je voudrais tant rester ici, avec vous... pour toujours!

Il ne dit rien, mais elle n'avait pas besoin de réponse pour savoir qu'il partageait ses sentiments.

— Nous serions fous d'endurer ce supplice, déclara-t-il enfin avec emportement. Pourquoi ne pas nous enfuir tous les deux sur mon yacht? Nous ferons le tour du monde et, croyez-moi, les gens auront tant d'autres scandales à se mettre sous la dent qu'ils nous auront vite oubliés.

Lydia ne put s'empêcher de sourire.

— A tout autre que vous je répondrais qu'il a raison... mais pas à vous. En agissant ainsi, ce n'est pas seulement Héloïse que vous blesseriez mais tous ceux qui vous admirent et voient en vous un exemple. Vous n'avez pas le droit de les décevoir.

Le comte la libéra de son étreinte et s'éloigna de quelques pas.

— Je voulais vous entendre parler ainsi, même si vous m'enlevez tout espoir. Je me sens comme un animal pris au piège, un piège dont il n'a aucune chance de s'échapper !

Il arpentait la plage avec une sombre fureur et Lydia devina à quel point cette contrainte lui était intolérable. Lui, dont la volonté farouche venait à bout de tous les obstacles, condamné à ce mariage stupide ! Et, parce qu'elle ne pouvait supporter de le voir malheureux, elle courut se jeter dans ses bras.

— Je ne veux pas vous voir souffrir, je vous aime trop, je ferai tout ce que vous voudrez !

— Taisez-vous !

— Non, laissez-moi parler. Je vous aime et peu importe ce qu'on dira de moi. Mais comment pourrai-je supporter qu'à cause de moi on vous méprise pour avoir trahi votre parole et manqué à l'honneur ?

Pour toute réponse, il se pencha sur elle et, tendrement, reprit sa bouche. Sa violence l'avait quitté et son baiser fut sans exigence et sans passion, mais d'une indicible douceur, comme un renoncement. Quand ils retrouvèrent enfin la force de se séparer, leur regard se tourna d'instinct vers la mer. La silhouette d'une embarcation se découpait sur l'horizon, grossissant de minute en minute. Ensemble, ils regardèrent s'approcher le bateau qui allait les arracher au paradis.

6

C'était une longue pirogue hawaïenne, dont ils purent bientôt distinguer l'équipage : quatre hommes, plus un officier de la Marine royale.

— Je ne peux pas me montrer dans cette tenue, déclara Lydia, brusquement mal à l'aise.

— Cela va de soi. Allez vous cacher dans les buissons, je verrai s'ils ont de quoi vous vêtir décemment.

Elle obéit sans se faire prier et courut s'abriter sous le couvert des arbres. Le comte s'avança jusqu'au bord de l'eau et surveilla l'approche de l'embarcation. Les quatre rameurs indigènes étaient courbés sur les avirons et l'officier qui les commandait, assis bien droit à la poupe, scrutait attentivement le rivage dans l'espoir d'apercevoir les rescapés. Le comte agita le bras et, pointant aussitôt dans sa direction, l'embarcation redoubla de vitesse. A peine avait-elle touché le sable que deux hommes sautaient à terre et tiraient son avant au sec. L'officier enjamba lestement le bord et vint cérémonieusement saluer le comte.

— Je suis heureux de vous avoir retrouvé, Milord. Nous étions dans la plus grande inquiétude à votre sujet.

— Merci, lieutenant. Quelles nouvelles du *Victorieux* ?

— Le capitaine et une douzaine d'hommes sont restés à bord pour essayer d'éteindre le feu. Ils ont fini par y arriver mais le chauffeur et deux matelots ont été gravement brûlés.

— Cela aurait pu être pire ! Grâce à Dieu, tout semble s'être assez bien terminé.

— Et nous en sommes tous ravis, Milord, comme vous pouvez le supposer. Sir Robert et votre valet de chambre sont déjà retournés à bord pour tâcher de rassembler vos bagages. L'arrière ayant été épargné par les flammes, nous espérons qu'ils n'ont pas souffert.

— Voilà une bonne nouvelle, dit le comte en souriant. Comme vous pouvez le constater, la moindre chemise serait la bienvenue.

La mine du lieutenant s'allongea.

— Je n'ai que des couvertures et des pansements, s'excusa-t-il. Il ne m'est pas venu à l'idée que vous puissiez avoir besoin de vêtements.

Il s'interrompit et reprit après une courte hésitation :

— Le représentant de Sa Majesté attend Votre Seigneurie à Honolulu. Dans ces circonstances, Milord, oserai-je vous prier d'accepter ma vareuse... et mes chaussures ?

— J'accepte avec reconnaissance, dit le comte en éclatant de rire. Merci infiniment, lieutenant.

Le jeune officier se débarrassa à la hâte de sa veste blanche d'uniforme et aida le comte à l'enfiler.

— Nous sommes de la même taille, heureusement, constata-t-il en se baissant pour ôter ses chaussures, et également de la même pointure.

— Il ne me manque plus qu'un bandage et tout sera pour le mieux.

— Votre Seigneurie est blessée ?

— Non, rassurez-vous. Mais à défaut de linge, j'aurai toujours quelque chose à me mettre autour du cou !

Le lieutenant s'empressa d'aller chercher la boîte à pansements. Le comte choisit la plus large des bandes de toile blanche et s'efforça de lui donner l'allure d'une cravate d'équitation.

— Ce sera parfait, dit-il en rentrant les extrémités de cette écharpe improvisée dans le col de la vareuse. Il ne manque plus qu'une couverture pour Mlle Westbury.

— C'était donc elle ! s'exclama le lieutenant. Il m'avait semblé l'apercevoir, tout à l'heure.

— Et vous aviez bien vu. Mais comme elle est presque aussi mal vêtue que je l'étais moi-même, vous comprendrez qu'elle n'ait pas tenu à se montrer.

Le jeune officier pêcha une couverture au fond du bateau et la tendit au comte, qui s'éloigna aussitôt vers la forêt.

Pendant qu'il parlait à ses sauveteurs, Lydia s'était aventurée sous les arbres, regardant autour d'elle avec émerveillement. Le soleil, tamisé par l'épaisse verdure tropicale, ne pénétrait qu'à peine à travers le feuillage et l'air était chargé de senteurs inconnues, presque énervantes de douceur. Des fleurs aux teintes exquises chatoyaient parmi les buissons tachetés d'ombre et Lydia allait de l'une à l'autre, comme pour en graver le souvenir dans sa mémoire. Tout était si beau, si paisible, qu'elle pouvait à peine supporter l'idée d'avoir à quitter ce paradis. Et soudain, au plus épais de cette pénombre verte, elle aperçut ce qu'elle avait si ardemment souhaité voir : un colibri !

Tout d'abord, elle crut que c'était une fleur, puis elle reconnut la silhouette caractéristique du minuscule oiseau-mouche. Il plongeait son bec recourbé dans une corolle à peine entrouverte, en se maintenant au-dessus d'elle par un battement d'ailes si rapide que l'œil ne pouvait le saisir. Son plumage vermeil étincelait comme un rubis et Lydia retenait son souffle, de crainte de l'effaroucher. Et c'est à peine si elle put suivre son envol, quand, prompt comme l'éclair, il s'élança vers le soleil.

Étrangement émue, elle eut soudain la certitude que cette apparition était un signe du ciel, une promesse de bonheur.

Pendant quelques secondes elle demeura figée dans une sorte de transe, le regard au loin, dans la direction où l'oiseau avait disparu. C'est ainsi que le comte la trouva et, à sa vue, il s'immobilisa, fasciné. Le corps à peine voilé par les plis transparents de sa longue chemise blanche, elle rayonnait de grâce et de cette adorable perfection que les sculpteurs grecs prêtent à la déesse Aphrodite.

Il la contemplait avec une ferveur muette quand elle se retourna lentement, comme avertie de sa présence, et l'enveloppa d'un regard lumineux de tendresse. Transfigurée par la joie qu'elle ne cherchait pas à cacher, elle était si belle en cet instant qu'il ne put s'empêcher de lui tendre les bras. Dans un élan irrésistible, elle courut au-devant de lui et se blottit sur sa poitrine.

— Je vous aime, dit-il d'une voix sourde en la serrant à l'étouffer. Je mourais d'envie de renvoyer nos sauveteurs et de leur demander de nous laisser ici... jusqu'à demain.

— J'y ai pensé, répondit-elle ingénument, mais vous auriez manqué le couronnement.

Puis, comme si elle s'avisait de la portée de ses paroles, elle s'écria d'un ton consterné :

— Mon Dieu, le couronnement ! Mais c'est... c'est aujourd'hui !

— On n'échappe pas aussi facilement à la société, constata amèrement le comte. Il nous faut quitter cette île de rêve et retourner à la réalité.

— Je sais, dit-elle d'une voix misérable, mais c'est pour cela que vous êtes venu de si loin, vous ne pouvez pas vous soustraire à vos devoirs.

Pour toute réponse, il déposa un baiser sur ses lèvres avant de l'enrouler avec soin dans la couverture.

— Comme vous êtes belle ! murmura-t-il avec émotion. J'ai l'impression de contempler une image de vitrail.

— Ne parlez pas ainsi, se récria Lydia, je vous assure que je n'ai rien d'une sainte, en ce moment surtout. Je ne pense qu'à vous aimer, à vous aimer toute la vie !

Il reprit tendrement ses lèvres, beaucoup plus longuement cette fois. Puis, comme si toute parole était devenue inutile, il l'entraîna sans hâte vers le rivage. Elle traversa la plage avec précaution, attentive à ne pas blesser ses pieds nus sur un coquillage et totalement inconsciente du regard admiratif que les cinq hommes attachaient sur elle.

Elle était loin de soupçonner à quel point elle était belle, drapée dans cette couverture blanche, ses longs cheveux répandus en vagues d'or sur ses épaules. L'amour qui brillait dans ses yeux semblait la nimber de lumière, l'auréoler d'une grâce surnaturelle. Le lieutenant l'aida à monter dans la pirogue, tandis que le comte chaussait les souliers qu'il avait laissés sur le sable. Puis il sauta lestement à bord et prit place à côté d'elle. Sur un signal du lieutenant, les rameurs se courbèrent sur leurs avirons et cinglèrent vers Honolulu à grande vitesse.

Bientôt, bien trop tôt, les toits de la ville se profilèrent au-dessus des eaux calmes ; puis l'on vit apparaître une longue bande de plage et la couronne de palmiers qui cernait l'île tout entière. Au-delà, les monts Koolau dressaient contre le ciel leur muraille de rochers bruns envahis de végétation. Malgré tout ce qu'elle avait pu lire, Lydia ne s'attendait pas à un tel spectacle, un tel chatoiement de couleurs. Émeraude, azur et or étaient les seuls mots qui lui venaient à l'esprit pour décrire l'éclat et l'incroyable richesse de nuances de ce décor féerique. Non, l'île n'avait pas déçu son attente et, pour mettre le comble à son bonheur, le comte et elle l'avaient découverte exactement en même temps. Sans avoir besoin de parler, elle sut qu'il éprouvait la même chose et, à nouveau, se sentit tressaillir d'espoir : les contes de fées n'ont-ils pas toujours un heureux dénouement ?

Ils approchaient de la côte et sa joie fit place à la gêne quand elle s'aperçut qu'une foule nombreuse s'était rassemblée pour les attendre. Le comte n'était sans doute pas très à son avantage dans ses habits d'emprunt, mais que dire de sa propre tenue ! Elle devait paraître bien étrange, en chemise de nuit, une couverture sur le dos ! Une fois de plus, son compagnon parut deviner ses pensées.

— Ne vous inquiétez pas, dit-il avec le plus grand calme. Laissez-moi faire, je me charge de tout.

Elle sourit, sans oser lui dire que c'était ce qu'elle désirait le plus au monde : se confier à lui pour la vie entière. Ils vinrent se ranger le long d'une petite jetée de bois, sur laquelle il prit pied le premier. Immédiatement, une ravissante Hawaïenne s'avança vers lui, tenant à la main une de ces guirlandes de fleurs que les indigènes appellent un *lei*. Elle le lui passa autour du cou et, se haussant sur la pointe des pieds, l'embrassa sur les joues. Lydia savait que ces *leis*, offerts aux étrangers en signe de bienvenue, étaient jadis réservés aux dieux. Et, secrètement, elle interpréta cet hommage courtois comme un présage favorable.

Le comte remercia la jeune fille, serra la main des indigènes en tenue militaire qui se présentèrent comme les envoyés du Roi et se tourna vers Lydia pour l'aider à descendre à terre.

— Comme vous le savez sans doute, expliqua-t-il aux militaires, Mlle Westbury se trouvait avec moi dans le canot qui a fait naufrage. Elle a fait preuve d'un grand courage mais elle est à bout de forces, et vous comprendrez que je tienne avant tout à la conduire auprès de son père.

Lydia reçut à son tour la traditionnelle guirlande et tous deux furent invités à prendre place dans une calèche découverte, ornée des emblèmes royaux. Le comte remercia le lieutenant et, après lui avoir confié le soin de lui renvoyer ses malles, aida Lydia à monter dans la voiture. Puis il s'assit à ses côtés, tandis que deux officiers hawaïens s'installaient sur le siège opposé.

— Nous sommes vraiment navrés que votre embarcation ait chaviré, Milord, dit l'un d'entre eux — un général —, dans un anglais irréprochable.

— Sommes-nous les seuls naufragés ?

— Avec les quelques hommes qui ont été ramenés ce matin, oui, Milord. Les autres membres de l'équipage ont réussi à gagner la côte sains et saufs.

— Vous m'en voyez ravi, et je me réjouis de savoir que le feu a pu être éteint à bord du *Victorieux*.

— Sa Majesté partage vos sentiments et elle est impatiente de vous accueillir au palais, déclara le général. Sir Robert Westbury et ses filles séjourneront chez M. Wodehouse, au consulat de Grande-Bretagne.

C'était ce que le comte avait prévu et il remercia poliment le général. Quelques minutes plus tard, ils ralentissaient devant une élégante maison basse, entourée de clôtures blanches. Un mât la surmontait, où flottait fièrement l'Union Jack, symbole de l'unité de l'Empire britannique. La calèche franchit le portail et vint s'arrêter devant le perron.

— Je sais à quel point le temps nous est mesuré, général, dit le comte, et je vous promets de ne pas m'attarder. Je ne fais que conduire Mlle Westbury chez son père et je vous rejoins.

Lydia comprit qu'avec son tact habituel, il demandait discrètement aux deux militaires de l'attendre dans la voiture. Elle leur adressa un sourire timide en guise d'adieu et saisit la main que le comte lui tendait. Puis, appuyée à son bras, elle gravit lentement les marches du consulat. Une délicieuse fraîcheur régnait dans le vaste hall où un serviteur les attendait pour les conduire au salon. Du seuil de la pièce, elle aperçut son père assis près d'une haute fenêtre, en compagnie de deux personnes qui ne pouvaient être que le consul et sa femme. Tous trois tournèrent la tête à leur entrée et le consul bondit sur ses pieds pour s'avancer vers eux, affable et souriant.

— Dieu merci ! s'exclama-t-il avec un soulagement visible, ils vous ont retrouvés, enfin !

— Sains et saufs, monsieur Wodehouse, dit le comte en serrant la main qu'il lui tendait, mais un peu secoués par l'épreuve, ce qui n'étonnera personne, j'imagine.

— Nous étions fous d'inquiétude à votre sujet, Milord, déclara le consul. Et ce fut encore bien pis quand nous avons découvert l'absence de Mlle Westbury.

— Tout va bien, papa, s'écria Lydia en se précipitant vers son père, et je suis navrée de vous avoir causé du souci.

— Ça, tu peux le dire ! s'exclama sir Robert.

Il n'eut pas le temps d'en dire davantage. La porte se rouvrit brusquement, livrant passage à Héloïse. Elle n'était pas encore habillée et son négligé de mousseline laissait entrevoir les flots neigeux de ses jupons de dentelle. Ses cheveux cascadaient librement sur ses épaules, à peine retenus par un ruban de satin bleu.

— On m'apprend à l'instant que tu es de retour, lança-t-elle d'une voix mauvaise en marchant droit vers sa sœur. Je suis vraiment surprise qu'on ait mis autant de temps à te retrouver !

Elle passa devant le comte et s'arrêta aux côtés de son père, toisant Lydia d'un œil critique.

— Où étais-tu ? reprit-elle sur le même ton, et qu'est-ce que tu pouvais bien fabriquer, j'aimerais le savoir ? Il fallait nous rejoindre immédiatement, papa et moi, au lieu de t'attarder délibérément.

— Mais je... ce n'était pas mon intention, balbutia Lydia, affreusement gênée de l'entendre crier ainsi en public.

— Ne mens pas, s'il te plaît ! Je sais que tu l'as fait exprès. Au lieu de t'occuper de moi, comme c'était ton devoir, tu t'es arrangée pour prendre le même bateau que Hunter, tout simplement !

— Mais c'est faux, je t'assure, je...

— Tu mens, hurla Héloïse, hors d'elle. Je sais que tu mens ! Et d'abord, où étais-tu passée ? Tout le monde s'est retrouvé ici, sauf toi. Comment t'es-tu débrouillée pour rester en arrière ?

Sans même avoir conscience de son geste, elle leva la main pour gifler sa sœur, comme il lui arrivait si souvent de le faire lorsqu'elles étaient seules. Mais cette fois, comme Lydia se dérobait par un réflexe de défense instinctif, elle manqua son but. Elle atteignit sa sœur au front, là même où elle avait reçu le coup qui l'avait fait s'évanouir. Lydia poussa un cri de douleur et recula sous le choc. Mais, gênée par la couverture, elle perdit l'équilibre et s'effondra sur un sofa qui se trouvait derrière elle. Un voile noir obscurcit sa vue et, pendant un court instant, elle perdit conscience de ce qui se passait autour d'elle.

— Héloïse ! s'écria sir Robert, horrifié.

Mais le comte intervint avant qu'il ait eu le temps d'en dire davantage.

— Assez ! dit-il d'une voix tranchante en rejoignant la jeune fille. Cessez de vous conduire ainsi, je ne le supporterai pas.

Instantanément, la colère d'Héloïse se retourna contre lui.

— Je vous interdis de me donner des ordres, hurla-t-elle, folle de rage. Vous n'êtes qu'un... un abominable coureur ! Au lieu de veiller sur moi, vous m'avez abandonnée pour passer la nuit avec ma sœur !

Elle s'étranglait de fureur et sa voix prit des intonations hystériques lorsqu'elle ajouta :

— Je connais votre réputation, Hunter, mais je croyais que vous cesseriez de courir la prétentaine, au moins jusqu'à notre mariage.

Le comte la dévisageait tranquillement, sans mot dire, apparemment indifférent à ses vociférations. Ses traits déformés par la colère ne conservaient plus rien de cette beauté dont elle était si fière et il découvrait qu'elle pouvait être très laide. Devant cet imperturbable silence, la rage d'Héloïse redoubla.

— Vous me dégoûtez ! cracha-t-elle avec mépris. Vous m'entendez, Hunter ? Vous me dégoûtez !

— Héloïse ! intervint à nouveau sir Robert. Comment oses-tu parler ainsi à celui que tu vas épouser ?

Les narines d'Héloïse palpitèrent.

— L'épouser, grinça-t-elle, épouser ce mufle, ce coureur de jupons ? Pour rien au monde je n'y consentirais, fût-il le dernier homme vivant sur terre !

Un bref silence succéda à ces paroles, puis la voix du comte s'éleva, extraordinairement calme :

— Je ne puis que me soumettre à cette décision, mademoiselle Westbury. Dès cet instant, je considère nos fiançailles comme rompues.

Comme pour la prendre à témoin, il se tourna vers Mme Wodehouse, que cette scène incroyable semblait avoir changée en pierre.

— Je suis au regret d'avoir à vous quitter, dit-il en s'inclinant devant elle, mais Sa Majesté m'attend au palais.

Là-dessus, il quitta tranquillement la pièce et il fallut quelques secondes à sir Robert et au consul pour retrouver leur présence d'esprit. M. Wodehouse se pencha vers Lydia et la souleva dans ses bras, tandis que sa femme allait ouvrir à deux battants les portes du salon. Au moment où il s'engageait dans l'escalier, Lydia entrouvrit les paupières et, par la porte d'entrée demeurée ouverte, vit le comte monter dans la calèche.

Elle n'avait rien perçu de la scène qui venait de se dérouler, hormis un vague bruit de cris sans signification. Le coup rageur assené sur son front meurtri lui avait causé une douleur si vive qu'elle avait presque perdu connaissance. Et maintenant, ignorant tout des paroles échangées entre Héloïse et le comte, elle le regardait s'éloigner comme s'il sortait de sa vie. La pensée qu'elle le perdait pour toujours était infiniment plus torturante pour elle que la souffrance physique et elle referma les yeux, accablée. M. Wodehouse pénétra dans une chambre spacieuse où deux servantes indigènes attendaient ses ordres et la déposa doucement sur le lit.

— Occupez-vous de Mlle Westbury, dit-il à la plus âgée des deux femmes, et ne laissez personne la déranger.

— J'insiste sur ce point, déclara à son tour Mme Wodehouse, qui avait suivi son mari. Elle est très fatiguée et ne doit recevoir personne avant d'avoir dormi. Toutefois, préparez-lui une collation, je suis certaine qu'elle aura faim.

Puis, comme le consul se retirait, elle répéta ses recommandations à la plus jeune des deux bonnes et ne consentit à s'éloigner qu'après l'avoir dûment persuadée que le sommeil de Lydia était sacré.

— J'ai compris, maîtresse, affirma la jeune Hawaïenne.

— J'espère qu'elle dit vrai, commenta M. Wodehouse en descendant l'escalier, et que les autres domestiques respecteront la consigne. Il n'est pas question de laisser cette petite peste l'approcher, elle l'a déjà suffisamment persécutée !

— Je n'aurais jamais cru qu'une jeune fille comme il faut pût se montrer si brutale et si grossière, répliqua sa femme. Si tu veux mon avis, James, le comte de Royston l'a échappé belle !

Les yeux du consul pétillèrent de malice.

— C'est exactement ce que j'étais en train de me dire, ma chère.

Resté seul avec sa fille, sir Robert la dévisagea avec sévérité.

— As-tu perdu la tête de parler à Royston sur un ton pareil ? Tu crois qu'il est homme à supporter ça !

Encore abasourdie par la disparition du comte et l'empressement de leurs hôtes à le suivre, Héloïse ne se laissa pas démonter pour autant.

— Tu sais aussi bien que moi qu'il aurait dû venir avec nous, rétorqua-t-elle. C'était à lui de s'occuper de moi.

— Tu n'étais pas en danger, que je sache !

— Sans doute, mais il ne pouvait pas le savoir. Et comment a-t-il osé passer la nuit avec Lydia, et sans chaperon encore !

Sir Robert eut un rire sans humour.

— Je ne crois pas qu'ils aient fait exprès de tomber à la mer en pleine tempête, répliqua-t-il avec rudesse. D'après M. Wodehouse — mais sans doute n'as-tu pas écouté — c'est même un miracle qu'ils ne se soient pas noyés.

— S'ils étaient restés avec nous, ils n'auraient couru aucun risque.

Héloïse avait oublié ses jérémiades et ses hurlements de terreur, et sir Robert avait trop d'indulgence et de tact pour les lui rappeler. Évitant ce sujet périlleux, il revint à son propos.

— Si tu as vraiment perdu Royston, je te tords le cou, déclara-t-il avec sécheresse. Je ne suis pas près de retrouver un gendre aussi distingué, ni aussi riche.

— Oh, il reviendra, ne t'inquiète pas. Avant ce soir, il se traînera à mes pieds pour se faire pardonner, tu verras.

— Pour l'amour du ciel, Héloïse, essaie de comprendre que Royston a plus de femmes à ses trousses que de chevaux dans ses haras, ce qui n'est pas peu dire. Et si tu as été assez stupide pour le congédier, ne t'attends pas à le voir revenir à quatre pattes !

— Ah non ? Eh bien, c'est ce que nous verrons, répliqua la jeune fille d'un petit air fat. Et maintenant, il est temps que je me prépare pour la cérémonie, je vais dire à Lydia de me coiffer.

Sur ce, elle quitta la pièce et s'élança dans l'escalier. Mais elle fut bien forcée de s'arrêter sur le palier où une mauvaise surprise l'attendait : la jeune indigène qui gardait la porte de sa sœur refusa obstinément de la laisser entrer. Elle tempêta tant et si bien que la seconde bonne alla chercher sa maîtresse, qui accourut sur-le-champ.

— Mademoiselle Westbury, s'écria-t-elle, songez-vous sérieusement à déranger votre sœur, dans l'état d'épuisement où elle se trouve ? Et dois-je vous rappeler qu'elle s'est évanouie, quand vous avez porté la main sur elle ?

Héloïse, pourtant peu sensible aux reproches, parut cette fois comprendre qu'elle était allée trop loin.

— Je ne peux tout de même pas assister au couronnement dans cet état, se défendit-elle. Il me faut un coiffeur. Puis-je vous demander d'envoyer quelqu'un en chercher un ?

— Ce serait inutile, on n'en trouverait aucun de libre dans toute la ville, en ce moment. Ma femme de chambre fera l'affaire: elle est très adroite, comme toutes les filles d'ici.

Héloïse ne pouvait décemment pas insister davantage. Bon gré, mal gré, elle accepta les services de la jeune Hawaïenne. Elle n'eut d'ailleurs pas à s'en plaindre, mais, une fois sa toilette achevée, elle annonça qu'elle comptait fermement sur sa sœur pour l'habiller avant le bal.

— Quand vous verrez Lydia, dit-elle à son hôtesse au moment de partir, veuillez lui dire qu'elle ne s'attarde pas au lit. J'aurai besoin d'elle en rentrant.

— Si j'estime qu'elle est en état de se lever, nous verrons. Sinon, je crains fort que vous n'ayez à vous débrouiller sans elle, mademoiselle Westbury.

Manifestement, l'excellente Mme Wodehouse commençait à se faire une idée assez nette du caractère de la jeune fille. Lorsque, le matin même, on avait apporté ses bagages, heureusement épargnés par le feu, elle avait mis toute la maison sens dessus dessous, houspillant les servantes qui ne trouvaient pas assez vite ce qu'elle désirait. Et c'est grâce à la prévoyance de Lydia, qui avait soigneusement inscrit le contenu de chaque malle, que l'on était finalement parvenu à satisfaire ses exigences.

Le fait que la cadette ait plus d'une douzaine de malles quand l'aînée n'en possédait qu'une n'avait pas échappé à leur hôtesse, et ce qu'elle avait vu et entendu dans le salon avait achevé de l'éclairer. Immédiatement, son cœur généreux avait pris parti pour Lydia, si injustement traitée par les siens.

— Je ne comprends pas sir Robert, confia-t-elle à son mari, dans la voiture qui les emmenait au pavillon royal où devait se dérouler la cérémonie. Il se montre tellement partial dans ses rapports avec ses deux filles ! Pourtant, je suis prête à jurer que cette pauvre Cendrillon de Lydia est de loin la meilleure des deux.

— C'est aussi mon avis, répliqua le consul, mais gardons-nous d'en faire part à qui que ce soit. Cela ne servirait à rien et personne ne nous en saurait gré.

Pendant ce temps, la malheureuse Lydia se désolait d'avoir à garder le lit, au moment même où s'ouvrait la cérémonie qu'elle avait tant souhaité voir. Elle eût été plus déprimée encore si elle avait pu savoir quel fastueux spectacle elle manquait.

Résolu à surpasser tous ses prédécesseurs par l'éclat de son couronnement, le Roi avait fait construire en face du palais un pavillon spécialement adapté aux circonstances. Un vaste amphithéâtre l'entourait sur trois côtés et pouvait contenir environ un millier de spectateurs. Le pavillon lui-même, réservé aux invités de marque, était octogonal et surmonté d'un dôme en forme de couronne. Ses huit colonnes de style grec symbolisaient les huit îles du royaume d'Hawaï.

Devant une foule exceptionnellement silencieuse, le chancelier du royaume plaça lui-même sur les épaules du souverain le manteau de plumes de Kamehameha Ier, avant de lui tendre le sceptre. La princesse Poomaikelani, sœur de la Reine, vint ensuite offrir les présents de sa famille : un bâton de commandement précieusement ciselé et une dent de cachalot suspendue à un collier de cheveux tressés. D'autres dignitaires firent à leur tour leur offrande, mais le plus beau moment de la cérémonie fut la présentation des deux couronnes. Le prince qui les portait s'avança solennellement et, tandis que le chœur entonnait un chant de louanges, le Roi saisit la sienne et la posa lui-même sur sa tête. Puis il prit la seconde, en tous points semblable à la sienne mais plus petite, et en couronna la reine Kapiolani. Alors, jailli de toutes les poitrines, un hymne triomphal fit résonner le dôme et les canons tonnèrent sur terre et sur mer, pour saluer les souverains. Puis, l'orchestre attaqua la marche du couronnement et les réjouissances commencèrent.

Tout le peuple de l'île était là, exhibant ses plus beaux atours et délirant d'allégresse. Honolulu tout entier s'était mué en un véritable festival de la gaieté, comme si les sujets du Joyeux Monarque avaient à cœur de se montrer dignes de leur souverain. On dansait jusque sur les plages et les jeunes gens s'affrontaient en des joutes nautiques, pour mériter le droit de choisir leur partenaire parmi les ravissantes danseuses parées de coquillages et de fleurs.

Assis à la place d'honneur dans le pavillon royal, le comte contemplait ce spectacle avec mélancolie en songeant à la pauvre Lydia qui aurait tant aimé y assister. L'absence de la jeune fille lui gâtait son plaisir, et c'est avec soulagement qu'il vit s'approcher le Roi venu lui donner l'accolade. Par ce geste symbolique, il faisait comprendre au peuple tout entier qu'en la personne du comte, c'était la Reine d'Angleterre qui l'honorait de sa présence et de son amitié.

Des acclamations saluèrent cette solennelle embrassade, puis le Roi conduisit lui-même le comte à la table du banquet. Là aussi, il occupa la place d'honneur et se vit entouré des plus grands dignitaires du royaume. Héloïse et son père se trouvaient trop loin de lui pour lui adresser la parole et ce fut en vain que la jeune fille essaya de rencontrer son regard: il ne tourna même pas la tête de son côté. Obligée de faire bonne figure jusqu'à la fin du banquet, elle se montra d'une humeur massacrante sur le chemin du retour.

— Cette fois, Hunter exagère ! dit-elle à son père dans la voiture qui les ramenait au consulat. Il aurait pu avoir au moins la décence de s'excuser.

— A ta place, je n'en demanderais pas tant, répliqua sévèrement sir Robert. Tu auras déjà beaucoup de chance s'il te revient.

En fait, malgré tous ses efforts pour se rassurer, il commençait à se demander si sa fille n'avait pas définitivement perdu le comte. Il avait assez de bon sens pour comprendre que son accès de colère n'avait que trop bien révélé le fond de son caractère. Pour ses proches, un tel éclat n'avait que fort peu d'importance, mais il y avait de quoi faire réfléchir un fiancé.

Mais il n'était pas dans la nature de sir Robert d'affronter la réalité, quand elle ne lui était pas agréable. Et il parvint assez rapidement à se persuader que le comte était trop amoureux pour tenir longtemps rigueur à Héloïse. Certes, l'incident avait été des plus choquants, pour ne pas dire vulgaire. Et il était vraiment fâcheux qu'il ait eu lieu devant le consul et sa femme, mais Héloïse était si belle... Comment un homme eût-il pu lui résister ?

— Je suis sûr que Royston t'invitera à danser, ce soir, déclara sir Robert à sa fille. Mais ne t'attends pas à le voir ramper à tes pieds.

Héloïse ne daigna pas répondre. Comme la voiture s'arrêtait devant le perron, elle s'engouffra dans la maison, annonça à la femme de chambre qu'elle montait se reposer et ordonna qu'on lui envoie sa sœur au plus tôt. Mais, cette fois encore, elle eut le désagrément de ne pas être obéie. Mme Wodehouse lui fit savoir que Lydia n'était pas en état de se lever et elle dut se contenter des services de la jeune indigène qui l'avait coiffée le matin. Ce ne fut pas une mince affaire que de lui expliquer comment trouver, parmi ses innombrables toilettes, celle qu'elle désirait porter pour le bal.

Lydia s'éveilla avec l'impression très nette d'avoir vraiment beaucoup dormi. Elle ne ressentait plus la moindre trace de fatigue, mais ses idées n'étaient pas encore très claires. Et c'est tout juste si elle se rappelait qu'on lui avait servi une collation au lit. Après s'être restaurée, elle s'était laissée glisser dans le sommeil et ne se souvenait que de ses rêves. Des rêves délicieux, hantés par le visage du comte, ses caresses et ses baisers. En ouvrant les yeux, elle croyait sentir encore la douceur de ses lèvres sur les siennes, et il lui fallut quelques minutes pour comprendre où elle se trouvait.

Le ciel se colorait des lueurs du couchant et, malgré la beauté du spectacle, une sourde tristesse lui étreignit le cœur : elle avait manqué le couronnement ! Mais sa mélancolie fut de courte durée. Elle se sentait tellement mieux, incroyablement, merveilleusement légère, et qu'importait cette fête, après tout ? Elle allait revoir celui qu'elle aimait, et cette joie lui suffisait.

Puis, elle se rappela les cris d'Héloïse, le départ précipité du comte et, pendant un instant, le chagrin la submergea. La réalité reprenait ses droits et il fallait qu'elle ait le courage de l'accepter : les miracles n'ont lieu qu'une fois. Et, loin de l'accabler, cette pensée lui donna la force de se reprendre. Ce qui s'était passé entre eux sur la plage ne se reproduirait jamais plus, mais nul ne pourrait leur en gâcher le souvenir. Ces instants divins, hors du temps, resteraient gravés au plus profond de leur cœur, pour l'éternité.

En proie à une soudaine allégresse, elle bondit hors du lit et entreprit de faire sa toilette. Tout en ôtant sa chemise, elle s'étonnait de n'avoir ressenti aucune gêne de se trouver auprès du comte dans un vêtement si léger. C'était seulement à l'arrivée de leurs sauveteurs qu'elle avait pris conscience de l'incongruité de sa tenue... pourquoi ? Parce que je l'aime, s'entendit-elle murmurer. Je l'aime, je lui appartiens, et tout est simple entre ceux qui s'aiment ! Et le couchant lui parut tout à coup retrouver son éclat, comme si la lumière embrasait tout son être d'un merveilleux espoir.

Au moment de s'habiller pour le bal, elle eut une hésitation. Aurait-elle le droit d'y assister ? Son père le lui avait promis, mais après ce qui venait de se passer, peut-être avait-il changé d'idée. Dans le doute, elle renonça à la toilette prévue pour la circonstance et passa la plus simple de ses robes blanches. Puis elle releva ses longs cheveux en un chignon des plus classiques et, après un dernier coup d'œil au miroir, quitta la pièce pour se rendre chez sa cadette. A sa vue, le visage de la jeune indigène qui gardait sa porte s'éclaira.

— Milady levée, gazouilla-t-elle, ça tant mieux ! Pourquoi elle n'a pas appelé ?

— Je n'avais pas besoin d'aide, répondit Lydia en souriant, je vous remercie. Pourriez-vous m'indiquer la chambre de ma sœur ?

La jeune fille la précéda dans le couloir et s'arrêta devant la porte d'Héloïse. Lydia l'ouvrit elle-même et aperçut sa sœur en train de batailler devant la glace avec les innombrables ornements de sa toilette.

— Puis-je faire quelque chose pour toi ?

— En voilà une question ! Aide-moi à boutonner ma robe, papa vient de m'envoyer dire qu'il passait me prendre dans une demi-heure.

— Une demi-heure... mais où est-il ? Je voulais lui demander si je viens avec vous ou pas.

— Toi, venir avec nous ? Après t'être conduite comme tu l'as fait, tu n'y penses pas ! Dépêche-toi de me coiffer et retourne dans ta chambre, j'aurai besoin de toi en rentrant.

Lydia comprit qu'il était inutile d'espérer plus longtemps. Ce n'était même pas la peine de poser la question à son père, elle connaissait d'avance la réponse. Et même le prétexte qu'il invoquerait : il ne fallait pas irriter davantage Héloïse, elle l'était déjà bien assez comme cela. Surmontant de son mieux sa déception, elle acheva d'habiller sa sœur, lui composa une élégante coiffure et lui attacha elle-même ses bijoux. Puis, comme Héloïse quittait la pièce sans un mot de remerciement, elle la suivit dans l'escalier. Sir Robert était debout au bas des marches, en tenue de soirée et sa montre à la main.

— Allons, allons, lança-t-il d'un ton impatient en voyant paraître Héloïse, dépêche-toi, nous sommes en retard. J'ai déjà dû t'excuser auprès de nos hôtes, qui nous attendent pour partir.

Comme il finissait de parler, le consul et sa femme sortirent du salon et s'avancèrent dans le hall. Mme Wodehouse leva la tête vers Lydia, encore à mi-chemin de l'escalier.

— Comment vous sentez-vous, ma chère petite ? demanda-t-elle avec sollicitude.

— Beaucoup mieux, grâce à vous, et je vous suis très reconnaissante de ce que vous avez fait pour moi.

— C'était tout naturel, mon enfant, et je l'ai fait de grand cœur, sachez-le. Il ne me reste qu'à vous souhaiter de bien vous amuser au bal.

— C'est très gentil à vous, balbutia Lydia, mais... si cela ne vous dérange pas... je crois qu'il vaut mieux que je reste ici.

Tout en parlant, elle interrogeait timidement sa cadette du regard, comme si elle espérait encore la voir changer d'avis.

— Ma sœur a parfaitement raison, répondit froidement Héloïse à sa question muette. Elle est beaucoup trop fatiguée pour aller au bal.

Elle tendit à son père la cape du soir qu'elle portait sur le bras et, tandis qu'il la posait sur ses épaules, elle ajouta :

— Va te reposer, Lydia, et n'oublie pas de venir m'aider à me déshabiller, tout à l'heure.

Après avoir dévisagé tour à tour les deux jeunes filles, Mme Wodehouse déclara pensivement :

— Mademoiselle Lydia a déjà manqué le couronnement, ne la privons pas de la joie d'assister au bal. Ne pourrait-elle nous accompagner, au moins pour un moment ? Après tout, la volonté du Roi est que chacun s'amuse, aujourd'hui !

Lydia, qui avait rejoint le groupe, vit les yeux de sa sœur s'assombrir de colère.

— Non, il vaut mieux que je reste, dit-elle en posant la main sur le bras de Mme Wodehouse. Mais que cela n'empêche pas vos domestiques de profiter de leur soirée, surtout. Je n'aurai besoin de rien.

Plus éloquente que ses paroles, la pression de ses doigts avertit son hôtesse qu'il eût été maladroit d'insister. Mme Wodehouse foudroya Héloïse du regard et la précéda sur le perron, jetant au passage une dernière recommandation à sa femme de chambre.

— Mlle Westbury reste à la maison, ce soir. Assurez-vous qu'elle ne manque de rien. Quand elle aura dîné, vous serez libre pour la soirée, comme promis.

— Oui, maîtresse, merci, maîtresse, répondit la servante en souriant jusqu'aux oreilles.

Le consul et sir Robert aidèrent les dames à s'installer dans la voiture et l'attelage les emporta vers le palais. Quand il eut disparu au détour de l'allée, Lydia gagna le grand salon et se dirigea vers l'une des hautes fenêtres qui donnaient sur le jardin. Le front posé contre la vitre, elle regarda s'éteindre les dernières lueurs du couchant, revivant les merveilleux instants où le comte lui avait dit son amour, là-bas, dans l'île... Notre île, songea-t-elle avec un tressaillement de joie, l'île d'amour qui n'est qu'à nous et que je n'oublierai jamais.

Elle était encore perdue dans ses rêves quand les servantes vinrent lui annoncer que le dîner était servi. Elle les suivit dans la salle à manger et s'assit à la grande table où, d'ordinaire, le consul et sa femme recevaient leurs invités. Elle ne regrettait pas vraiment le bal, mais seulement la chance qu'il lui aurait donnée de s'entretenir à nouveau avec le comte. Sans doute n'auraient-ils pas parlé d'eux-mêmes, en public cela n'eût pas été possible. Mais ils trouvaient toujours tant de choses intéressantes à se dire...

Elle ne s'attarda pas longtemps à table et, le dîner fini, regagna le salon. Elle n'avait pas sommeil et il ne lui déplaisait pas de rester seule, à revivre sa brève histoire d'amour. Si brève qu'à moins d'un miracle, elle n'aurait duré qu'un matin... La nuit était tout à fait tombée, la nuit qui vient si vite sous les tropiques, et le ciel palpitait de millions d'étoiles. La lune, qui avait lui sur la mer déchaînée pendant cette affreuse tempête, traçait un sillon de lumière sur l'eau calme et frangée de mousse qu'on voyait miroiter à travers les palmiers. Se pouvait-il qu'une telle violence ait fait place à tant de douceur ?

Émue jusqu'au fond de l'âme, Lydia se laissait pénétrer par la beauté de ces instants et, silencieusement, dédiait cette nuit magique à son amour.

Le bruit d'une porte qui s'ouvre la ramena brutalement à la réalité.

— Un monsieur demande à parler à Milady, annonça cérémonieusement une voix chevrotante.

Lydia se retourna en sursautant et fixa d'un œil effaré la vieille servante, la seule apparemment qui fût restée au logis.

— Un monsieur, dites-vous ?

Elle se précipita dans le hall, juste à temps pour voir le comte sauter d'un cabriolet et grimper quatre à quatre les marches du perron. Il arborait le grand cordon de l'ordre de la Jarretière, et les décorations les plus prestigieuses du royaume scintillaient au revers de sa cape de soirée. Tout cela, Lydia l'entrevit en un éclair. Puis elle courut à lui et le dévisagea sans mot dire, en proie à un étonnement sans bornes.

— Je suis venu vous chercher, ma chérie, dit-il en lui prenant la main.

Ses yeux luisaient d'un éclat singulier, qu'elle n'osa pas attribuer à la joie qu'il éprouvait à la revoir. Jamais il n'avait autant ressemblé à un pirate sur le point d'accomplir une action dangereuse, excitante. Et elle s'expliqua son regard par l'animation et la fièvre de la soirée.

— Où m'emmenez-vous ? demanda-t-elle simplement.

— Vous le saurez plus tard. Allez mettre votre chapeau, couvrez-vous les épaules et suivez-moi. Vous êtes ravissante ainsi.

Persuadée qu'il voulait lui montrer certains aspects de la fête, elle renonça à l'interroger et s'élança dans l'escalier. Une fois dans sa chambre, elle regretta de n'avoir pas mis la grande robe à volants qu'elle aurait dû porter au bal. Puis elle se dit que pour une promenade en voiture, celle qu'elle avait choisie était certainement plus adéquate. La mousseline blanche drapait gracieusement son buste et la jupe tombait en longs plis fluides, qui lui donnaient un peu l'air d'une statue grecque. Ou encore... pourquoi pas ? d'une de ces images de saintes auxquelles il l'avait comparée, dans l'île.

Elle ouvrit l'armoire et, trouvant ses vêtements soigneusement rangés, comprit que les femmes de chambre avaient déballé ses effets pendant son sommeil. Elle jeta sur ses épaules un châle de soie blanche qui, loin d'être neuf, lui semblait compléter parfaitement sa toilette et se coiffa d'un simple chapeau de paille claire. Comme elle nouait les rubans, debout devant son miroir, elle ne put s'empêcher d'évoquer l'image radieuse de sa sœur prête à partir pour le bal. Parée de tous ses falbalas, on eût dit une de ces précieuses fleurs des îles qui attirent tous les regards, tandis qu'elle, au contraire... Frêle silhouette nimbée de lune, elle se faisait l'effet d'une de ces humbles belles-de-nuit qui se referment au grand jour. Ou encore une violette, songea-t-elle en souriant, une pauvre violette poussant à l'ombre de l'orchidée. Et pourtant...

A la pensée inattendue qui lui traversa l'esprit, son sourire s'accentua. Comment le comte avait-il fait pour échapper à l'emprise de celle qui s'était flattée de le ramener à elle d'un seul geste de son petit doigt ? Il l'avait fait, pourtant. Il avait quitté le palais au beau milieu du bal dont il était l'invité d'honneur, et pourquoi ? Pour venir la chercher, elle, qui perdait un temps si précieux à rêvasser devant son miroir !

Elle pivota sur ses talons, traversa la pièce en courant et s'élança dans l'escalier comme si elle avait eu des ailes aux pieds. Du coin de l'œil, elle aperçut deux hommes dans le couloir de sa chambre et crut reconnaître l'un des serviteurs de son père. Ce qui ne manqua pas de l'étonner, les domestiques ayant quartier libre pour la soirée, mais elle ne s'attarda pas à cette pensée et se précipita sur le perron. Le comte l'attendait dans la voiture et, relevant le bas de sa robe, elle sauta légèrement à ses côtés. Tandis que le cocher refermait la portière sur eux, il prit ses deux mains dans les siennes et les porta à ses lèvres.

— Mon amour, ma chérie, murmura-t-il d'une voix sourde, comme vous m'avez manqué ! Pas un instant je n'ai cessé de penser à vous.

— Moi aussi, j'ai pensé à vous. Ou plutôt, j'ai rêvé de vous, car j'ai tellement dormi !

— C'est ce que vous aviez de mieux à faire, et le repos vous a fait grand bien. Vous êtes aussi fraîche et aussi jolie que ce matin, au petit jour.

— Si seulement c'était vrai ! s'exclama-t-elle. Mais comment avez-vous réussi à quitter le palais ?

Le comte esquissa un sourire.

— Tout le monde n'avait d'yeux que pour le Roi : j'en ai profité pour m'échapper et j'ai couru vous retrouver.

— C'est merveilleux ! Je suis si heureuse, si follement heureuse d'être à nouveau près de vous.

— C'est ce que j'espérais vous entendre dire, ma chérie. Mais comment va votre tête ? Souffrez-vous encore de ce coup à la tempe ?

Toute à sa joie, Lydia avait complètement oublié l'incident et elle se rappela brusquement qu'il avait eu lieu en présence du comte.

— Ce n'est rien, affirma-t-elle, assez honteuse de la conduite de sa sœur, cela ne vaut pas la peine d'en parler. Racontez-moi plutôt comment s'est déroulée la cérémonie.

— Je n'ai pas cessé un instant de regretter votre absence, ma chérie. Et comme je ne supportais pas l'idée de votre déception, j'ai organisé... une sorte de couronnement privé, juste pour vous et moi.

— Un... un autre couronnement ? c'est inouï, je peux à peine y croire ! Mais où allons-nous ?

— Nous marier, répondit le comte, le plus tranquillement du monde.

7

Pendant quelques secondes, Lydia crut sincèrement avoir mal entendu. Puis, comme elle se remettait un peu de sa surprise, elle demanda d'une voix incertaine :

— Qu'avez-vous dit ? Nous... nous marier ?

— Parfaitement, et pas plus tard que ce soir. Ainsi vous serez tout à moi, et pour toute la vie, ma chérie.

— Mais... Héloïse ?

— Votre sœur a rompu nos fiançailles et ceci devant témoins, dit le comte d'un ton glacé qui fit frissonner Lydia. En ce qui me concerne, l'épisode est terminé : j'ai repris ma liberté.

Puis, comme elle levait vers lui un regard plein d'appréhension, il ajouta d'une voix radoucie :

— N'ayez aucune crainte, ma chérie, j'ai tout prévu et me charge de tout. La seule chose que je vous demande, c'est de vous souvenir que je vous aime.

Pour Lydia, ce fut comme si la nuit s'illuminait d'un millier de feux d'artifice. Brusquement, elle prit conscience de l'animation délirante qui régnait autour d'eux. Le peuple dansait et chantait dans les rues et, dans un élan de bonheur fou, elle sentit son cœur battre à l'unisson de cette joie. Puis, soudain, la voiture s'immobilisa. Le comte sauta à terre et, tandis qu'il l'aidait à descendre à son tour, elle vit qu'ils étaient arrivés devant la vieille église Kawaiahao, bâtie par les premiers missionnaires chrétiens.

La main dans la main, ils gravirent les marches du seuil et remontèrent lentement la nef. La pénombre qui régnait entre les piliers de pierre avait quelque chose de solennel et une émotion presque sacrée leur faisait retenir leur souffle, tandis qu'ils approchaient du chœur. Là, devant l'autel éclairé aux chandelles, un prêtre les attendait. Et ce fut comme en rêve que Lydia l'écouta lire le rituel du mariage et entendit le comte prononcer ses vœux d'une voix ferme et résolue, vibrante de sincérité. La sienne, en réponse, lui parut presque inaudible tant elle était émue. Dans sa joie, elle croyait percevoir une musique céleste et manqua défaillir de bonheur quand le comte lui passa l'anneau au doigt. Puis ils s'agenouillèrent pour recevoir la bénédiction nuptiale et elle sut que toutes ses prières avaient été exaucées.

Dieu avait étendu sa protection sur eux, les avait guidés à travers les embûches et sauvés du désespoir. Jamais plus, dût-elle vivre cent ans, elle ne douterait de la providence divine, qui avait si miraculeusement conduit jusqu'à elle l'homme qu'elle aimait.

Le service achevé, ils allèrent signer le registre dans la sacristie, redescendirent gravement la nef et sortirent dans la nuit étoilée. Ils regagnèrent la voiture et c'est seulement quand l'attelage s'ébranla que Lydia reprit conscience de la réalité. Elle entrevit la scène que n'allait pas manquer de lui faire Héloïse, la colère probable de son père, et frissonna d'appréhension. Après les instants de ferveur qu'elle venait de vivre, la perspective de cette explication mesquine lui était intolérable.

Devinant sa pensée, le comte lui encercla la taille d'un geste rassurant.

— Vous êtes à moi, désormais, ma chérie. A moi et à moi seul, comme je l'ai si ardemment souhaité !

— Je vous ai toujours dit que rien ne vous résistait. Mais que vont dire mon père... et Héloïse ?

Il lui en coûtait de prononcer le nom de sa sœur, mais il fallait que certaines choses soient dites.

Le comte eut un petit sourire énigmatique.

— Avez-vous vraiment cru que je laisserais qui que ce soit troubler notre bonheur ? J'ai une surprise pour vous, ma chérie, et même une surprise royale.

— Royale... que voulez-vous dire ?

— Que nous allons commencer notre lune de miel... le plus royalement du monde, vous verrez.

Un instant, Lydia songea que le Roi leur offrait l'hospitalité au palais Iolani. En temps normal, elle n'eût pas été fâchée de pouvoir le visiter, mais en la circonstance le Roi lui-même lui eût semblé importun.

— J'ai raconté notre histoire à Sa Majesté, annonça tranquillement le comte. J'ai guetté le moment favorable et, malgré ses obligations, elle a trouvé le temps de m'écouter.

— Vous lui avez vraiment... tout dit !

— J'avais le sentiment — et je ne me trompais pas — que ce Joyeux Monarque saurait comprendre quels tracas certaines femmes peuvent apporter dans la vie d'un homme.

Lydia perçut l'intonation narquoise du comte et se blottit plus étroitement contre lui. Elle sentit ses bras se resserrer autour d'elle et devina que, pour en finir au plus vite avec ses explications, il luttait contre un désir fou de l'embrasser.

— En apprenant que nous allions nous marier, reprit-il, le Roi m'a offert de me prêter la pirogue royale. Il a suggéré que nous longions la côte jusqu'à son pavillon d'été, qu'il met également à notre disposition.

Lydia laissa échapper une exclamation de surprise mais se garda bien de l'interrompre.

— Et là, acheva-t-il en souriant, à part quelques domestiques discrets, nous serons enfin seuls, ma bien-aimée.

— C'est presque trop beau pour y croire ! s'écria-t-elle avec ravissement. Ce serait tellement merveilleux !

— Et ce le sera, ma chérie, promit-il en la serrant à l'étouffer.

Mais il ne l'embrassa pas encore, car ils parvenaient au centre de la ville où l'effervescence atteignait son point culminant. Toutes les rues qui descendaient vers la plage étaient pavoisées de drapeaux et de banderoles. Et la foule en liesse dansait avec cette exubérance sauvage mais non dénuée de grâce dont seuls sont capables les Hawaïens. Tout ce remue-ménage rendait la circulation plutôt malaisée et l'attelage eut quelque peine à se frayer un chemin jusqu'à la jetée. Là, une grande pirogue rouge ornée de sculptures dorées attendait le comte et Lydia : la mine réjouie des rameurs disait assez qu'aucun d'eux n'ignorait ce qui venait de se passer. Une ravissante indigène les accueillit à bord. Elle leur remit à chacun une guirlande de fleurs odorantes, sans compter un bouquet d'orchidées pour la mariée. Puis, d'un seul mouvement, les avirons plongèrent dans l'eau calme et la pirogue s'éloigna le long de la côte.

Bientôt, Lydia put contempler la ville illuminée, scintillant comme un semis de joyaux au pied des monts baignés de lune. Assise auprès du comte dans la confortable cabine qui occupait l'arrière du pont, elle sentit monter en elle une bouffée de joie silencieuse. Qu'aurait-elle pu dire qui fût à la mesure de l'émotion qui l'étreignait ? L'incroyable était arrivé, elle était bel et bien la femme de celui qu'elle aimait, et la nuit tendre et parfumée semblait sourire à leur amour.

Il ne leur fallut pas plus d'un quart d'heure pour atteindre la plage déserte de Waikiki, où la pirogue vint aborder en douceur. En face d'eux, le toit d'une construction basse aux proportions harmonieuses apparaissait entre les palmes.

— Nous serons très bien ici, ma chérie, murmura le comte à l'oreille de Lydia, et surtout... nous y serons seuls.

Elle leva vers lui son beau regard transparent et il devina ce qu'elle n'osait dire. Les raffinements du confort lui importaient si peu qu'elle eût été aussi heureuse sur leur île, sans même un toit pour s'abriter, pourvu que ce fût avec lui...

Il n'y avait pas de jetée et déjà les rameurs avaient sauté dans l'eau peu profonde et tiré la pirogue aussi près que possible du rivage. Puis, comme deux d'entre eux s'approchaient d'elle en souriant, Lydia comprit qu'ils entendaient la transporter sur leurs épaules. Ils la conduisirent ainsi jusqu'à la maison, tandis que deux de leurs camarades déposaient le comte sur le sable sec. Puis, quand il les eut remerciés et récompensés pour leur peine, ils remirent la pirogue à flot et se hissèrent vivement à bord. Debout devant la case royale, le couple les vit lever leurs avirons en manière de salut avant de s'éloigner rapidement vers le large. Alors seulement, le comte encercla la taille de Lydia et l'entraîna vers la véranda qui faisait le tour de la demeure.

— Notre premier chez-nous, ma chérie, dit-il en la soulevant sans effort. La chance nous sourira si vous en passez le seuil dans mes bras.

Délicieusement émue par le contact de son corps, elle ferma les yeux et ne les rouvrit que lorsque ses pieds touchèrent à nouveau le sol. A sa grande surprise, l'habitation n'avait rien de primitif, au contraire. Construite avec tout le luxe indigène, en magnifique bois des îles, elle était meublée avec le dernier raffinement du confort européen. Des tapis d'Orient recouvraient le sol de la vaste pièce — un salon, semblait-il —, dont l'ornement le plus inattendu était sans conteste la cheminée. D'accueillants fauteuils étaient disposés devant le foyer, où s'empilaient des bûches de citronnier. Et, dans un angle, un bureau faisait face à une bibliothèque abondamment chargée de livres. Bien qu'aucun domestique ne fût visible, la suspension à gaz était allumée, ainsi que plusieurs lampes de cuivre posées çà et là.

Tandis que Lydia promenait autour d'elle un regard étonné, le comte dénouait lentement les rubans de son chapeau qu'il lança d'un geste désinvolte sur un fauteuil. Puis il la prit dans ses bras et, tendrement, légèrement, posa ses lèvres sur les siennes. Son baiser fut d'abord plein de douceur et de réserve, comme imprégné de la ferveur sacrée du mariage. Puis il se fit plus pressant, plus exigeant et si amoureusement insistant que Lydia s'enhardit peu à peu à y répondre.

— Je crois rêver, murmura-t-elle en s'écartant soudain de lui, comme effrayée de sa propre audace. Est-il vrai que je sois là, dans vos bras... que je sois réellement votre femme ?

— Oui, mon amour, vous êtes à moi, tout à moi et pour la vie entière, ma chérie.

— J'ose à peine y croire, pourtant. C'est si merveilleux de se dire que nous sommes ici, ensemble, et...

Lydia s'interrompit, frappée par une pensée subite.

— Vous rendez-vous compte que je n'ai absolument rien à me mettre, à part les vêtements que j'ai sur moi ? Et que va-t-il se passer quand papa saura... ce que nous venons de faire ?

— J'ai prévu tout cela, ma chérie. Pour commencer, vous trouverez tous vos effets personnels dans notre chambre, et même une malle de plus.

— Mes vêtements sont ici ! s'exclama-t-elle, abasourdie. Mais comment est-ce possible ?

Puis elle se souvint des deux hommes qu'elle avait croisés dans le couloir de sa chambre, avant de quitter le consulat.

— Je les ai fait apporter moi-même, déclara le comte, confirmant le soupçon qui lui était venu, et comme votre sœur n'aura plus besoin de son trousseau, j'ai tout simplement volé une de ses malles.

— Vous... vous avez vraiment fait cela ? balbutia-t-elle, hésitant encore à le croire.

Il lui prit la main et la ramena sous la véranda. Puis, l'ayant fait asseoir sur la banquette chargée de coussins qui en occupait toute la longueur, il prit place à ses côtés.

— Allons, soupira-t-il en lui passant un bras autour des épaules, puisqu'il faut en passer par ces explications, j'y consens. Mais après cela, ma chérie, promettez-moi d'oublier ces questions oiseuses... et de me laisser vous aimer.

Il prononça ces derniers mots d'une voix vibrante et sourde qui la troubla étrangement, et elle laissa passer quelques secondes avant de se risquer à parler.

— Il faut que je sache, dit-elle enfin. J'ai si peur d'avoir fait... quelque chose de mal !

— Non, ma chérie, ni vous ni moi n'avons rien fait de mal. Devant le consul et sa femme, votre sœur m'a signifié on ne peut plus clairement la rupture de nos fiançailles. J'étais donc parfaitement en droit de reprendre ma liberté, ce que j'ai fait.

Lydia se dit qu'en agissant ainsi, sa sœur ne s'attendait certainement pas à être prise au mot, mais elle préféra garder ses impressions pour elle.

— Comme vous le savez déjà, poursuivit le comte, j'ai donc prévenu le Roi et écrit aussitôt à votre père, pour l'informer de notre mariage et des dispositions que j'avais prises pour son retour.

— Vous avez eu le temps d'arranger tout cela !

— Sans difficulté, avec la complicité bienveillante de Sa Joyeuse Majesté. Dès que les cérémonies officielles auront pris fin, votre père et Héloïse embarqueront sur le *Ville de Sydney*, à bord duquel Sa Majesté a fait son fameux tour du monde. A San Francisco, ils retrouveront *la Duchesse* et voyageront ainsi dans les meilleures conditions jusqu'à New York.

Lydia poussa un tel soupir de soulagement que le comte ne put s'empêcher de sourire.

— Quant à nous, reprit-il aussitôt, notre trajet de retour sera quelque peu différent. Après notre lune de miel, dont je préfère ne pas fixer le terme, nous nous rendrons à La Nouvelle-Orléans où nous resterons autant qu'il vous plaira, ma chérie. Et quand vous sentirez le désir de revoir notre vieille Angleterre, nous reprendrons la mer... mais pas avant.

— C'est... c'est trop beau pour être vrai ! murmura Lydia, d'une voix que l'émotion rendait presque inaudible.

— Mais auparavant, il nous reste une dernière obligation à remplir.

— Une... une obligation ?

— Le Roi me fait l'honneur de souhaiter ma présence aux festivités qui vont suivre. Et comme vous avez manqué les premières, je tiens beaucoup à ce que vous profitiez de celles-ci. J'ai donc promis que, dans une semaine, nous serions ses hôtes au palais Iolani, pour assister au concours hippique de Kapiolani Park.

— Je savais que nous en reviendrions aux chevaux, tôt ou tard !

— En effet, mais ce n'est pas tout. Le Roi tient à nous faire admirer les fameux danseurs Hula, dont la grâce ne saurait manquer de vous plaire, ma chérie.

— J'en suis sûre... tout cela semble si merveilleux !

— Et enfin, acheva le comte, j'ai promis à Sa Majesté que nous assisterions à un autre bal au palais. Et pour que vous en soyez la reine, mon aimée, je n'ai pas hésité à voler une des innombrables malles de votre sœur, en attendant les robes et les bijoux que je brûle de vous offrir un jour !

— A... à moi ? balbutia faiblement Lydia. Est-ce bien à moi que vous dites... cela ?

Sa voix s'éteignit brusquement et les larmes qu'elle s'efforçait en vain de contenir roulèrent sur son visage. Après tant d'années passées à supporter sans se plaindre les rebuffades de son père et les caprices d'Héloïse, elle pouvait à peine croire au bonheur qui s'offrait à elle. C'était comme si, par magie, elle était soudain passée de la réalité au rêve, et elle tremblait de voir sa joie s'évanouir comme un songe.

Parfaitement conscient des émotions qui l'agitaient, le comte la serra plus étroitement contre lui et elle se laissa aller sur son épaule.

— Ne pleurez pas, ma chérie, dit-il en lui caressant les cheveux, vous allez être heureuse, désormais. Aussi heureuse que ce matin, dans notre île... je vous le promets.

— Comment... comment pouvez-vous être aussi bon pour moi ? sanglota-t-elle, aussi délicat, aussi merveilleusement compréhensif ?

— Je ne suis pourtant qu'un pirate, c'est vous qui me l'avez dit. Un pirate qui vous a capturée et qui est prêt à tout, à voler et à se battre s'il le faut, pour vous donner ce que vous méritez, vous que j'ai tant cherchée, ma bien-aimée.

— Ne parlez pas ainsi, mon amour... j'ai si peur de vous décevoir !

— Cela, répliqua tranquillement le comte, c'est tout simplement impossible, mon cœur. Dès l'instant où je vous ai vue, j'ai su que nous étions faits l'un pour l'autre. Rien de ce que vous pourriez dire, penser ou faire ne saurait m'être étranger, et encore moins me décevoir.

Il réfléchit un court instant et reprit d'une voix émue :

— Celui qui trouve une perle rare ne sait-il pas d'instinct, avant même de l'avoir touchée, qu'elle est parfaite et sans défaut ?

Bouleversée par ses paroles, Lydia leva vers lui son visage baigné de larmes. Il tira son mouchoir de sa poche, tamponna délicatement ses joues et ses paupières et l'embrassa avec une telle douceur qu'elle se sentit défaillir.

— Je vous désire, mon aimée, chuchota-t-il contre sa bouche. J'ai renvoyé les servantes afin que nous soyons seuls, vraiment seuls, comme je le souhaite depuis si longtemps !

— Ne vous avais-je pas dit... qu'il ne fallait jamais désespérer ?

— Et vous aviez raison, mon cher amour, souffla-t-il en se penchant sur elle.

Elle crut qu'il allait à nouveau l'embrasser mais il l'aida à se lever et l'entraîna à l'intérieur du pavillon. Il lui fit traverser le salon, ouvrit la porte qui donnait sur la pièce voisine et s'arrêta un instant sur le seuil. Médusée, Lydia découvrit une vaste chambre à coucher, décorée avec un luxe dont seul un roi pouvait avoir l'idée. Un immense lit à colonnes occupait presque tout l'espace et les rideaux de soie brodée qui l'entouraient tombaient en longs plis jusqu'au sol. Mais son plus bel ornement était sans conteste la couronne dorée qui surmontait le baldaquin, réplique exacte mais agrandie de celle du couronnement. Du bout des doigts, Lydia la désigna au comte et tous deux éclatèrent de rire en même temps.

— Voici au moins quelque chose que je n'avais pas prévu, déclara-t-il en s'efforçant de reprendre son sérieux.

— Ne nous plaignons pas, répondit-elle sur le même ton, tout le monde ne peut pas se vanter de dormir dans le lit d'un roi.

A ces mots, le comte la serra plus étroitement contre lui.

— Demain, dit-il, ou le jour qu'il vous plaira, je vous ramènerai dans l'île.

Et, comme elle l'interrogeait du regard, il ajouta :

— Ce matin, j'ai tellement désiré vous faire mienne dans ce paradis, ma chérie. Jamais, de toute ma vie, je n'avais rien désiré avec autant de force !

— Moi non plus, chuchota-t-elle en posant le front sur son épaule. C'est à cela que je pensais, dans la forêt, quand vous me teniez dans vos bras.

— Nous pensons et ressentons les choses exactement de la même façon, dit-il en la serrant à l'étouffer. Comment notre mariage pourrait-il n'être pas heureux, alors que nous ne faisons qu'un... ou presque ?

Tout en parlant, il dégrafait lentement le dos de sa robe. Et quand il la souleva dans ses bras pour la déposer sur le lit, elle n'éprouva aucune honte, mais une étrange et délicieuse ivresse toute proche de l'extase. Puis il vint s'étendre à ses côtés et elle frissonna devant ce bonheur trop soudain, comme s'il allait s'évanouir en fumée. Alors, avec une douceur extrême, le comte l'attira à lui et elle devina l'effort qu'il s'imposait pour ne pas l'effrayer.

Cette délicatesse l'émut à un tel point que la joie manqua lui faire perdre le souffle. Par les fenêtres grandes ouvertes, elle voyait le miroir de la mer refléter le ciel immense et poudroyant d'étoiles. Le comte avait soufflé la lampe et le clair de lune inondait la chambre de reflets argentés, prêtant aux moindres choses une apparence irréelle. Sous cette lumière nacrée, presque liquide, tout s'auréolait de mystère, de langueur et de beauté. En un geste purement instinctif, Lydia se lova dans les bras de son compagnon.

— Je vous aime, soupira-t-elle, émue de se sentir si fragile au contact de son corps musclé.

— Ma douceur, mon aimée, ma divine, murmura-t-il en déposant un baiser sur son front. J'ai l'impression d'avoir lutté contre le ciel et l'enfer pour vous conquérir ! Et la vie n'aurait plus eu aucun sens pour moi, si j'avais dû renoncer à vous.

— Comment pouvez-vous dire de telles choses, mon amour !

— Parce que c'est la vérité, tout simplement. Mais vous êtes mienne, désormais, et je n'ai plus à trembler de vous perdre à tout instant. Dieu merci, ce cauchemar est fini !

— Nous avons eu une chance inouïe, miraculeuse. Mais ne craignez-vous pas que les gens ne soient... choqués par notre mariage ?

— Certainement pas. La plupart croiront qu'ils s'étaient tout bonnement trompés de prénom, et quant aux autres... quand ils vous connaîtront, ils se diront que je suis l'homme le plus fortuné de la terre et vous, la plus délicieuse épouse qui soit !

Lydia balbutia quelques paroles indistinctes.

— Je sais à quoi vous pensez, ma chérie, mais vous auriez tort de vous comparer à votre sœur. Votre beauté surpasse de très loin la sienne, c'est celle que j'ai si longtemps cherchée et que je désespérais de trouver.

— J'ai toujours su que vous cherchiez l'impossible !

— Disons que, sans le savoir d'abord et sans trop y croire ensuite, je cherchais ce qui se cache au-delà des apparences.

Cette réponse exprimait si exactement ce que Lydia avait d'instinct pressenti qu'elle ne put s'empêcher de tressaillir.

— A l'instant où je vous ai vue, poursuivait-il, j'ai perçu l'élan secret qui nous portait l'un vers l'autre. Et peu à peu, j'ai pris conscience de ce qui vous rend si précieuse à mes yeux : la beauté si rare et si parfaite de votre âme, ma chérie.

Il s'interrompit un instant, le temps de déposer un baiser sur sa joue.

— Et dès lors, acheva-t-il en souriant, il m'a été impossible de trouver le moindre charme aux autres femmes, mon aimée. Vous m'avez entièrement, irrésistiblement conquis.

— Je voudrais tant que vous pensiez toujours ainsi ! Je vous promets d'essayer d'être toujours... telle que vous me voulez, et de ne jamais rien faire qui vous déplaise.

Elle leva vers lui un regard hésitant et reprit d'une voix enrouée d'émotion :

— Mais j'ai si peur de ne pas savoir... être moi-même. Peut-être parce que personne ne m'a jamais aimée, je me sentais un peu... comme l'ombre de mes proches, comme si je n'avais pas d'existence réelle.

Le comte laissa errer ses lèvres sur sa peau mais se garda de l'interrompre.

— Vous êtes si attirant, enchaîna-t-elle, si supérieur aux autres hommes, je ne pouvais que vous aimer... mais ce que je ne puis comprendre, c'est que *vous* m'ayez aimée ! Aussi, je vous en supplie, mon amour, conseillez-moi, guidez-moi, aidez-moi à ne pas vous décevoir !

Il desserra l'étreinte de ses bras et, tendrement penché sur elle, la déposa doucement au creux des oreillers.

— Souvenez-vous, ma bien-aimée, dit-il avec une douceur fervente, ce matin, quand je vous ai comparée à une sainte de vitrail... je le pensais. J'aurais voulu m'agenouiller devant vous, et en ce moment même, croyez-moi, je me sens tout prêt à le faire.

Lydia l'écoutait, bouleversée, retenant son souffle.

— Vous êtes si bonne et si parfaite, si pure et si délicate, mon adorée, que je remets mon avenir entre vos mains. Vous serez mon inspiratrice, mon réconfort et ma lumière. Et vous, qui voyez en moi l'exemple de mes pairs, vous m'aiderez à me montrer digne de ceux qui ont mis leur confiance en moi.

— Si seulement je le pouvais, j'en serais tellement heureuse !

— Alors soyez heureuse, ma chérie, car j'entends bien qu'il en soit ainsi.

Un long silence s'établit entre eux, tandis que le comte attachait sur Lydia un regard brûlant de passion contenue.

— Oh ! mon amour, dit-il enfin, savez-vous seulement à quel point vous êtes belle ?

Puis, ses lèvres se posèrent sur les siennes, leurs mains se touchèrent et la nuit transparente les enveloppa de sa lueur et de ses sortilèges.

Plus tard, bien plus tard, quand la lune entama son déclin sur la mer, Lydia s'agita doucement entre les bras de son compagnon.

— Vous ne dormez pas, ma chérie ? chuchota-t-il.

— Je suis trop heureuse pour pouvoir dormir ! J'ai l'impression d'être au paradis.

— Et ce n'est qu'un commencement, croyez-moi, car notre amour ne cessera de croître tout au long de notre vie.

— Comment serait-ce possible, je vous aime tant ! Pourtant, je sens que vous avez raison, nous avons tant de choses encore à découvrir l'un sur l'autre. La seule chose que je craigne...

Elle hésita, et poursuivit avec effort :
— C'est que, lorsque vous me connaîtrez mieux... vous ne vous lassiez de moi !
— Voilà qui est hautement improbable, répliqua-t-il avec un rire dans la voix. Je vous aime comme je n'avais jamais aimé, et pour cause. Avant de vous rencontrer, j'ignorais ce qu'était l'amour.
— Alors, c'est vrai... je ne vous ai pas déçu ?
— Déçu ? répéta-t-il en dessinant du doigt le contour de sa bouche. Vous avez été exquise, mon trésor. Tout ce qu'un homme peut attendre d'une femme, vous me l'avez donné. Et jamais, je vous le jure, jamais je n'avais ressenti ce que j'ai éprouvé dans vos bras.
Lydia posa ses lèvres au creux de son épaule.
— Quand vous... m'avez aimée, balbutia-t-elle, c'était si merveilleux, jamais je n'aurais cru que l'amour pouvait... être ainsi.
— Mais encore ?
— Je veux dire... ce trouble délicieux, et en même temps si intense, si aigu qu'il fait presque mal.
— Je voulais vous l'entendre dire, car notre amour n'aura rien de fade ni de mièvre, Lydia. Il sera fort, profond, vivace et sans mesure.
— J'ai toujours pensé que l'amour est la vie, murmura-t-elle. Et nous le savons tous, au plus profond de nous-mêmes : en le cherchant, c'est Dieu que nous cherchons.
— Je vous adore, dit-il en l'étreignant avec passion. Vous dites toujours si bien ce que j'essaie en vain de traduire en paroles, et savez-vous quoi, mon amour de femme ? Je commence à me demander ce qui me plaira le plus : vous aimer, ou... penser en votre compagnie.
— Voilà un bien étrange compliment, répliqua-t-elle en riant, et tel qu'aucune jeune mariée n'en a jamais entendu, j'en suis sûre !

— Je le maintiens, pourtant, et j'affirme que vous êtes la première femme avec qui il me soit possible de discuter.

— Alors discutons, mon amour, discutons, je trouve cela... très agréable. Je commence même à me demander ce qui me plaira le plus : discuter avec vous ou... vous embrasser ?

Elle se haussa jusqu'à ses lèvres et un long moment s'écoula avant qu'ils ne soient en mesure de parler.

— Savez-vous à quoi je pensais ? demanda-t-il enfin. J'étais en train de me dire que nous ne devons pas regretter d'avoir quitté notre île. Car où que nous allions, son souvenir demeurera toujours vivace en nous et rien ne pourra le ternir.

— Je n'ai pas de plus cher désir, dit-elle en l'attirant à elle, les doigts noués sur sa nuque.

Il reprit lentement sa bouche et son baiser se prolongea jusqu'à ce qu'il la sente frémir et s'alanguir et s'enfiévrer sous ses caresses.

— Ma délicieuse maîtresse, chuchota-t-il à son oreille, savez-vous combien vous êtes émouvante, ainsi ?

— Je me sens surtout... étrangement émue moi-même. C'est comme si...

— Comme si ?

— Comme si du feu courait dans mes veines, ou la joie... me brûlait le cœur.

Il se pencha sur sa poitrine, effleurant de ses lèvres le creux satiné entre ses seins. Elle frissonna voluptueusement et sa voix n'était plus qu'un souffle lorsqu'elle demanda :

— Est-ce mal de réagir aussi... violemment à vos caresses ?

— Non, ma chérie, c'est très naturel au contraire, et c'est ainsi que je voulais vous voir répondre à mon amour.

— Vous me rendez si follement heureuse, mon aimé ! Mais je voulais... je voudrais savoir...

— Dites... que voulez-vous savoir ?

— Pensez-vous que... parce que vous m'avez aimée, nous allons avoir... un enfant ?

— Le voudriez-vous ?

— De tout mon cœur ! s'écria-t-elle avec élan. Ce serait tellement merveilleux si je pouvais... vous donner un fils !

A ces mots, prononcés de façon si touchante, le comte sentit la passion se déchaîner en lui. Il se pencha sur elle et l'embrassa avec une fougue impatiente, exigeante et pourtant si pleine de tendresse qu'elle céda à sa douceur. Corps et âme, elle s'abandonna à son désir, offerte à lui dans un élan de tout son être. Et l'amour flamboya en eux, enivrant, extatique, brûlant d'une joie dévorante leurs cœurs qui ne faisaient plus qu'un.

Ils n'appartenaient plus au monde. Ils étaient la proie de ce pouvoir divin qui les avait protégés, inspirés, et conduits vers leur île d'amour pour les y enfermer en un cercle magique et les y garder à jamais.

J'AI LU
2188

Achevé d'imprimer en Europe (France)
par Brodard et Taupin à La Flèche (Sarthe)
le 11 août 1994. 6964 J-5
Dépôt légal août 1994. ISBN 2-277-22188-0
1er dépôt légal dans la collection : mai 1987
Éditions J'ai lu
27, rue Cassette, 75006 Paris
Diffusion France et étranger : Flammarion